Illustration by 鈴羅木かりん

シュン
本編主人公。三学期になって引っ越してきたばかりの転校生。ゲーム製作が趣味。内向的な性格のため、なかなか同級生と打ち解けることができずにいる。
杏奈
シュンがひそかな思いを寄せる学級委員長。昨年末の事故で両親を失い、今は叔父夫婦と暮らしている。事故以降は霊感が強くなっているようである。
Illustration by 鈴羅木かりん

卓郎
イケメン。サッカー好きの優等生と思われているが、実は残忍な裏の顔を持つ。超ナルシストで、髪型のチェックを怠ることがない。父親は大会社の社長。
ひろし
学年一の秀才。常に学生服を身につけている。真面目な性格で、同級生に対しても敬語を用いることが多い。非科学的なものはいっさい信用していない。
美香
卓郎に好意を抱く美少女。気が強く奔放にふるまうが、寂しがり屋の一面もあり、飼い猫のハートが唯一の心のよりどころとなっている。意外と足が速い。
たけし
卓郎の腰巾着。大きな口を叩くが、実はかなりの臆病者。とくに幽霊と宇宙人が苦手で、一度震え始めると止まらなくなってしまう。両親は食堂を経営。

Illustration by 鈴羅木かりん

青鬼

原作　noprops
著　黒田研二
イラスト　鈴羅木かりん

PHP
文芸文庫

○本表紙デザイン＋ロゴ＝川上成夫

【青鬼（あおおに）】
〈ジェイルハウス〉に現れた謎の生命体。青い肌と巨大な頭が特徴。
その正体はまったくもって不明である。

青鬼《あおおに》

［原　作］noprops
［著　］黒田研二
［イラスト］鈴羅木かりん

PHP

ドス
ドスドス
ドス
ドス
ハァ
ハァ
オオオ
来る
奴が来る
オオ

人を食らうバケモノ
捕まったら終わりだ!

バンッ
はっ
クローゼット
ここに隠れるしかない！
ギイッ
バタン…

ハッ
ハッ
カタ
カタ
カタ
カタ
カタ
カタ
はぐれてしまった
ひろし君は
無事だろうか…
卓郎君
美香さん
たけし君
あいつらだって
嫌な奴らだったけど
死んでほしい
わけじゃない…
それに…

委員長
好きだった
憧れだった
少しずつでも
仲良くなれたことが
本当に嬉しかった
なのに――

ガチ
ガチ
ガチ

本当に
どうして…
こんなことに…
ガチ
ガチ
ガチ
カチャ
ビクッ
ス…

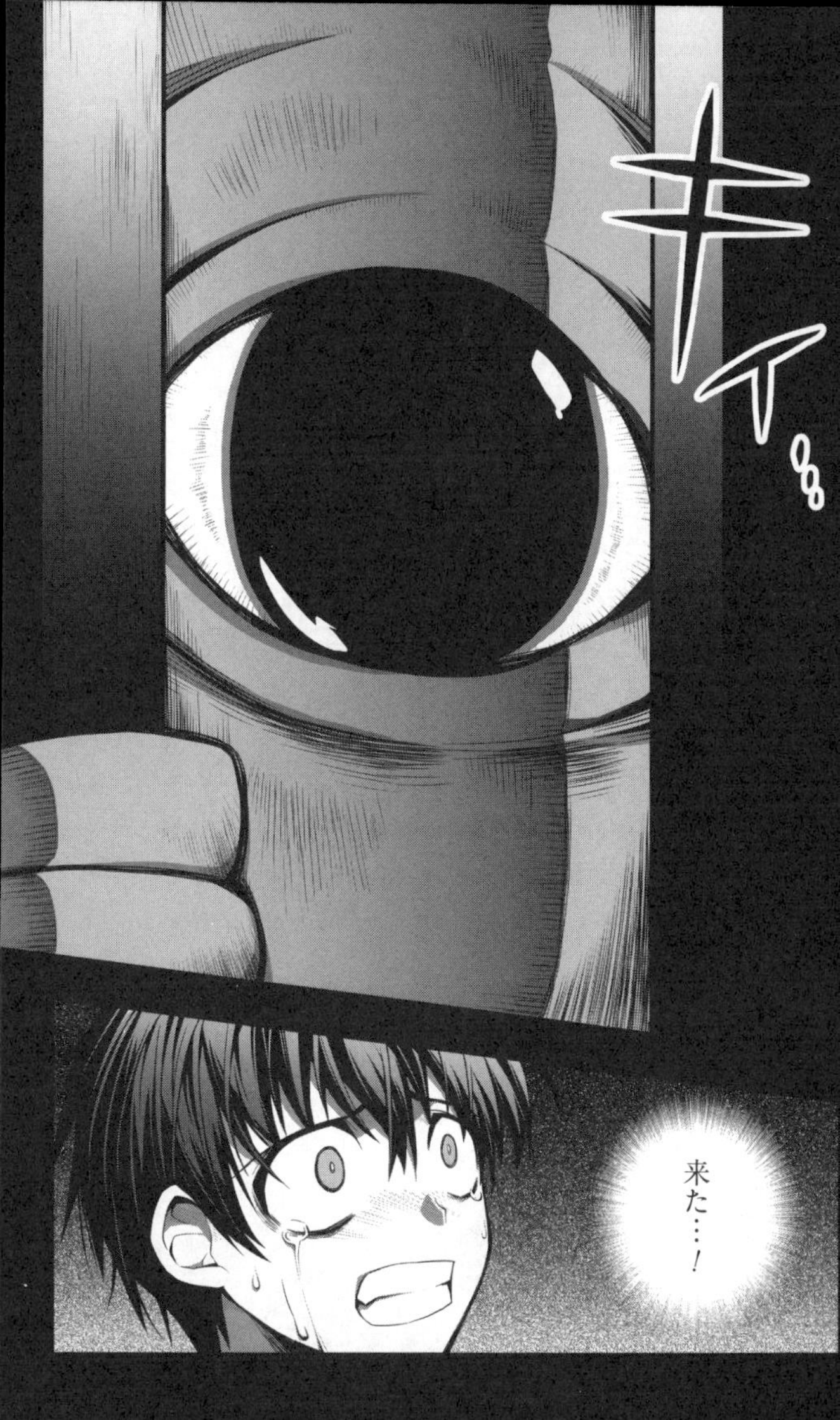

キイ…
来た…!

目次

第1章

GAME OVER

1

華やかなファンファーレが響き渡ると同時に、ノートパソコンのモニタには〈CLEAR〉の文字が大きく表示された。

「終わりましたよ」

メガネを押し上げながら、ひろしがいつもどおりの一本調子で答える。

「……どうだった？」

シュンはおそるおそる彼の表情をうかがった。どんなときでも冷静沈着なひろしの感情を読み取るのは、なかなかに難しいものだ。

「よくできていますね。操作性も悪くないし、グラフィックも音楽も作品世界にぴったりマッチしていました。まさか、ここまでの完成度だとは思いませんでしたよ。あまりの面白さに、途中から我を忘れてしまったくらいです」

「本当に？」

「僕が君に嘘をつかなければならない理由が、なにかありますか？」

ひろしが不思議そうにシュンを見る。確かに、彼は相手の機嫌をとるために、わざわざお世辞を口にしたり、愛想笑いを浮かべるような男ではない。

学校の裏手にそびえる小高い丘。その中腹に位置する小さな沼地は、シュンにとって唯一の憩《いこ》いの場所となっていた。

　この町へ引っ越してきて、そろそろ一ヵ月が経とうとしている。が、内向的な性格の彼は、いまだクラスになじむことができず、ほとんど誰とも会話を交わしたことがなかった。家へ帰って疲れた顔を見せれば、母親によけいな心配をかけてしまう。だから彼は、放課後になると必ず裏山へ足を延ばし、自分が作ったゲームソフトのバグつぶしにいそしんでいたのだった。

　肌寒い季節に、うらさびれた沼に近づく者など一人もいない。周囲を針葉樹に囲まれたこの場所でなら、ひと目を気にすることなくのんびりと過ごすことができた。


　シュンの秘密の場所にひろしが現れたのは、つい一週間前のことである。

　いつものように沼のほとりに腰を下ろし、パソコンをいじっていると突然、草むらをかき分けて彼が姿を現した。

　透きとおるような白い肌とシャープな顔立ちは、どことなく北欧系の映画俳優を彷彿《ほうふつ》とさせる。理知的なまなざしも、メガネを押し上げるときの狷介《けんかい》そうなしぐさも、普段となんら変わりなかったが、

「……え？」

いつもと違う彼の奇抜な格好に、シュンは唖然とした。

いかなるときも冷静沈着な上、頭の回転が速く、先生さえもやり込めてしまうことの多いひろしは、教室内では誰よりも大人びた存在に見えていた。しかし、シュンの前に現れたその日の彼は、制服をきっちり着こなしてはいるものの、首からは虫かごをぶらさげ、右手には虫取り網を握って――まるで子供みたいだった。

「ウラギンシジミを見かけませんでしたか？」

ひろしはシュンを見つけると、別段驚いた様子もなくそう口にした。

「ウラギン……なに？」

「オレンジ色の翅《はね》を持った蝶です。翅の裏側がアルミみたいに銀色に光っているから、そう呼ばれているのですが……こちらへ飛んできたでしょう？」

彼は一気にまくし立てると、虫取り網を刀剣のようにかまえ、あたりをきょろきょろと見回し始めた。

「……こんな季節に蝶がいるの？」

「きわめて珍しい現象だとは思いますが、あり得ないことではありません。ウラギンシジミは成虫のまま冬を乗り越えますからね。ここ数日、暖かい日が続いていましたから、春と間違えて起き出してきたのかもしれません。……あ、それってＰＣですよね？」

ひろしは虫取り網を放り出すと、小走りでシュンのそばへと駆け寄った。

「ネットに繋がっているのであれば、少しだけ貸してもらえますか？　あれが本当にウラギンシジミだったかどうかを確認しますので」

シュンの返事を待たず、ノートパソコンを覗《のぞ》き込んでくる。

「あ……あの……」

緊張して、シュンの舌はうまく回らなかった。無理もない。こんな間近で彼を見るのは初めてのことだ。ひろしの肌はドーランでも塗ったみたいに白く、またまつ毛も長くて、まるで人形のようだった。

「ゴメン……ネットには繋がってないんだけど」

やっとの思いで、それだけを口にする。だが、ひろしの興味はすでに別のものに移っていたらしい。

「これって、ネットで無料配信されている脱出ゲームですよね？」

モニタに映し出したままだったゲーム画面に顔を近づけ、彼は尋ねた。

「……え？　このゲームを知ってるの？」

「ええ。たまたま見つけてプレイしたのですが、予想外に面白くて、つい徹夜をしてしまいました。これはまりますね。すでに、十回以上はプレイしているでしょうか。もしかして、君もこのゲームのファンなのですか？　あれ？　でも、ネット配信されているものとは少々違うような気もしますが」

「前作で不評だった部分を改良してみたんだ。バグを完全につぶしたら、また配信しようかと思ってるんだけど……」

「え？　ということは、もしかして、このゲームの作者って君なのですか？」

ひろしはメガネのフレームを押し上げ、驚きに満ちた表情でシュンを凝視した。いつも落ち着き払っている彼の、そんな顔を見るのは初めてのことだ。シュンは戸惑いながらも小さく頷いた。

「これは驚きました。まさか、うちのクラスにそのようなすごい生徒がいたなんて」

ひろしの賞賛の言葉が恥ずかしく、思わずうつむいてしまう。褒《ほ》められることにはあまり慣れていない。うなじのあたりがくすぐったくなり、シュンはもぞもぞと身体《からだ》を動かした。

「前々から気になってはいたのです。君、右手の親指と人差し指にタコがあるでしょう？　タコの大きさや形状から見て、ゲームだこではないかと疑っていました」

「…………」

彼の洞察力に度肝《どぎも》を抜かれる。指先のタコを見て、そこまで見抜くなんて、ただの秀才じゃない。

「このゲームで、少し遊ばせてもらってもよろしいでしょうか？」

「あ……うん。べつにかまわないけど」

「ありがとうございます。では早速」

ひろしはその場に座り込むと、膝の上にノートパソコンを載せ、キーボードを操作し始めた。彼の白く細い指が、ピアノでも弾くみたいに、キーボードの上を走り回る。

「……蝶はもういいの？」

ひろしの隣に腰を下ろし、モニタを覗き込みながら、シュンは尋ねた。

ヘルプ画面を見ることなく、ひろしはゲームを進めていく。十回以上プレイしたという話は本当なのだろう。

「冬のウラギンシジミも確かに魅力的ではありますが、僕を睡眠不足にさせるほどの力は持っていませんから」

彼の言葉に、再びうなじがくすぐったくなる。なんとも落ち着かなかったが、しかし悪い気分ではない。胸のあたりがほんのりと温かくなった。

「ああ、やられた！」

ひろしの叫び声と共に、ゲーム画面は黒一色となり、続いて〈GAME　OVER〉の文字が表示された。

「前のバージョンに較べて、敵の動きが複雑になっていますね。これは難しい」

真っ黒な画面には、シュンとひろしの姿が反射して映り込んでいた。自分の表情がほころんでいることに、シュンは驚く。

……笑ったのは何日ぶりだろう?

「いつも、放課後はここにいるのでしょうか? 今度こそクリアしますから、また遊ばせてくださいね」

別れ際に、ひろしはそういった。

それからほぼ毎日、シュンは夕方になるとここで彼と会っている。

ひろしはシュンの作ったゲームを物静かに進めるだけで、二人の間で会話が交わされることはほとんどなかったが、シュンにとってはむしろそのほうがありがたかった。人とのコミュニケーションは苦手だ。口を開けば、それだけで緊張するし、そもそもなにをしゃべっていいのかわからない。


「おっと、いけない。もうこんな時間ですか」

腕時計に視線を落とすと、ひろしは慌てた様子で立ち上がった。

「ゲームに夢中になって、このあとの用事をうっかり忘れるところでした」

「……もう帰っちゃうんだ」

急に、胸が苦しくなった。それが寂しさから来るものだと気づき、シュンは愕然とした。

ゲームをクリアしたひろしが、再びここへやって来ることはないだろう。明日からは、また一人ぼっちの放課後が始まる。

鼻の奥が痛くなる。油断すれば、今にも涙がこぼれ落ちてきそうだ。

一人はキライじゃない。むしろ、一人のほうが気楽に過ごせたはずだ。それなのにどうして？

「では、さようなら」

ひろしは制服についた枯葉を払いのけると、真正面からシュンの顔を覗き込んできた。メガネの奥に見えた切れ長の目に、緊張して姿勢を正す。

「ウラギンシジミに感謝しなくてはいけませんね」

唐突に、ひろしはいった。

「え？」

「あいつを追いかけていなければ、君がこのゲームの作者であることなど知らず、こうやって新作をプレイすることもなかったでしょうから」

「…………」

「新しいゲームが完成したら、ぜひまた僕にプレイさせてください」

「……うん」

「実は、君に影響されて、僕もゲーム作りを始めたのですが」

鼻の下をこすりながら、ひろしは少しだけ照れくさそうな表情を浮かべた。

「だけど、思っていた以上に難しくて……今後、いろいろとアドバイスをいただけないでしょうか？」

「もちろん。どうもありがとう」

感謝の言葉が自然とこぼれたことに、シュンは驚きを隠しきれなかった。

「どうして、君がお礼をいうのですか？　おかしいでしょう」

ひろしは小さく肩をすくめると、「それでは」と右手を上げ、シュンの前から颯《さっ》爽《そう》と立ち去った。

ウラギンシジミに感謝しなくてはならないのは僕のほうだ。

夕焼け間近の空を見上げながら、シュンは長らく感じたことのなかった幸せに心を躍らせていた。

と同時に、漠然とした不安感が湧き起こる。

理由はわかっていた。なにかよいことがひとつあれば、そのあとには十の不幸が待ち受けている――これまでだって、ずっとそうだった。新しい町へやって来たからといって、そのルールが変わるとは思えない。

風も吹かないのに突然、茂みが揺れ動いた。

「ひろし君。忘れ物でもしたの――」

そこまでしゃべって動きを止める。

「よお、転校生」

目の前に現れた男は、シュンのよく知っているクラスメイトだった。といっても、ひろしではない。

「なにやってんだ？　こんなところで」

すぐにでも逃げ出したかったが、メドゥーサに睨《にら》みつけられたかのように、身体が動かなくなる。

「おい。なんとかいったらどうなんだ？」

額に垂らした前髪をいじりながら、シュンに近づいてきたのは、最悪のクラスメイト――卓郎《たくろう》だった。

2

心に暗雲が立ち込める。

右のまぶただけがぴくぴくと痙攣《けいれん》を始めた。両膝が激しく震え、立っていることさえままならない。シュンはがくりとその場にひざまずいた。

ショルダーポーチにぶら下げた柴犬のキーホルダーが、鈴の音を鳴らしながら左右に揺れる。

「なんだよ？　転校生。返事くらいしろよ」

卓郎は、にやにやといやらしい笑みを浮かべた。それ以上、目を合わせることができず、顔をそむける。胸が早鐘を打った。イヤな汗がこめかみを伝う。

「最近、学校が終わると、おまえとひろしの二人がつるんで、こそこそとどこかへ出かけるからさ、一体なにをやってるんだろうと気になって、ついあとをつけちまったんだ。全然、気づかなかっただろ？」

「………」

「まさか、あいつによけいなことをしゃべったんじゃねえだろうな？」

彼の問いに、シュンは激しくかぶりを振った。そんな恐ろしいこと、できるはずがない。

「なんだ、おまえ。震えてるじゃねえか。具合でも悪いのか？」

息苦しさに胸が詰まる。うまく呼吸ができない。

「あ、わかった。放課後になってもまた俺と出会えたことに感激してるってわけか。嬉しいなあ。そんなに俺のことが好きだったとは。じゃあ、仕方ねえ。一緒に遊んでやるか」

その言葉を聞き終わらぬうちに、シュンは後頭部に激しい衝撃を受けた。踏ん張る余裕もなく、勢いよく地面に顔を埋《うず》める。

「今日、地理の授業で土食文化について習っただろ？　俺、あれがどうにも信じられなくってさ。だって、土を食うんだぜ。土なんて、絶対に美味《うま》いわけないじゃん。だから、転校生。おまえ、ちょっと試してみてくれよ」

シュンの頭の上で、卓郎の履いた靴の底がぐりぐりと動いた。頬が地面にこすれる。

口の中に血の味が広がったが、痛みは感じなかった。恐怖心や羞恥心《しゅうちしん》さえ、湧き上がってくることはない。

卓郎の執拗《しつよう》ないじめに耐え続けるうちに、シュンはいつしかいっさいの感情を押し殺すようになっていたのだ。

サッカー部のエースとして活躍する卓郎は、クラスで一番の人気者だった。さらに、ルックスもよく、噂では芸能事務所からスカウトを受けたこともあるらしい。さらに、父親は全国に百以上の店舗をかまえる大型ホームセンター〈スマイル〉の社長だというのだから、まったくもって非の打ちどころがない。

だが、恵まれた環境で育ったが故に、歪《ゆが》んでしまった部分もあったのだろう。爽《さわ》やかなサッカー少年というみんなが知っている顔とはまったく異なる別の顔を、卓郎は隠し持っていた。

彼にいじめられるようになったきっかけがなんだったのか、実はシュン自身もよく覚えていない。シュンが貸したシャーペンを卓郎がうっかり壊してしまったとか、友達とふざけ合っていた卓郎の手が、たまたまそばを歩いていたシュンの顔に当たったとか、たぶんその程度のことだったと思う。

自分の持ち物を壊されても、理不尽な暴力を受けても、ただにこにこと笑っているだけのお人好しは、優等生の皮をかぶり続けることに疲れきっていた卓郎の目に、絶好のおもちゃとして映ったのだろう。

軽口から罵倒へ、罵倒から暴力へ、暴力から虐待へ――卓郎の行為は日を追うごとにエスカレートしていった。

体育倉庫や校舎の裏など、人目につかない場所にシュンを呼び出すと、「それでは、今日の実験を始めましょう」と担任教師の口調を真似ながら、シュンに下剤を飲ませたり、煙草《たばこ》の火を押しつけたりする。そうやってシュンの反応を楽しんでいたのだ。卓郎の浮かべる好奇心いっぱいの表情は、幼い子供が昆虫の翅《はね》や脚をむしり取るときに見せるそれとまったく変わりなかった。

薄ら笑いを浮かべ、平気で他人を傷つける彼の本性に、シュンは恐れおののいたが、だからといって、歯向かう勇気などは持ち合わせていなかった。

彼の行為は一時的なものに違いない。きっと、すぐに飽きるに決まっている。少しの間だけ我慢していればいいはずだ。むしろ、大人に助けを求めて卓郎の機嫌を損《そこ》ねてしまうことのほうが危険だろう――シュンはそう考えたのだった。

だが、甘かった。卓郎の常軌《じょうき》を逸《いっ》した行為はますますエスカレートし、シュンの身体だけではなく心までもを蝕《むしば》んでいったのである。

すでに、シュンの心はぼろぼろだった。なにをされても、ただへらへらと笑い続けるばかり。耐え難い非道が続くうち、彼は感情を抑え込むことにすっかり慣れてしまっていた。

とはいえ、蓄積された負のエネルギーが、自然と消滅することは決してない。我慢し続ければ、それはいつか必ず臨界点を超えて爆発する。

真夜中の学校に呼び出され、校舎の三階から飛び降りろといわれたときは、このまま死んでしまったほうが楽かもしれないと考え、発作的に窓の外へ飛び出していた。

本気で命を絶つつもりだった。しかし、人間の身体が意外と頑丈にできていることを、シュンはこのとき初めて知った。植え込みに落下したことも幸いし、左足首に捻挫《ねんざ》を負っただけですんでしまったのだ。

このまま寝転がっていれば凍死するのでは？　と期待したが、誰が呼んだのか、すぐに救急車がやって来たため、結局のところ、風邪《かぜ》をひくことさえできなかった。

今でもときどき考えてしまう。あのとき、もし自分が死んでいたなら、卓郎は罪の意識にさいなまれたのだろうか？　と。


「ほら、食えよ。食ってみろよ」

卓郎はシュンのそばにしゃがみ込むと、右手で目の前の土をすくい上げ、いつもと同じ気色《きしょく》の悪い笑みを浮かべた。

「顔色が悪いな。だったら、ちょうどいい。この土、ミネラルをたっぷり含んでるから、きっと健康になれるぞ」

もう片方の手でシュンの頭を押さえると、湿った土を口の中へねじ込んでくる。

抵抗するつもりはなかった。もはや、そんな気力など残っていない。

しかし、口の内側にはりつく砂の粒と下水溝のようなにおいに、シュンはたまらず咳《せ》き込んだ。

口から飛び出した泥が卓郎の顔にかかる。

「ああ？　なんだよ、おまえ。汚ねえな」

ナルシストの卓郎は、自分の顔が汚れることを極度に嫌う。途端に、彼の目は鋭くつり上がった。

「ふざけやがって」

額を蹴られ、シュンは地面に背中を強く打ちつけた。その衝動で、それまで胸に抱えていたノートパソコンがこぼれ落ちる。慌てて拾い上げようとしたが、すんでのところで卓郎に先を越されてしまった。

「お。いいもの持ってるじゃねえか。ちょっと貸してくれよ」

卓郎はノートパソコンを手に取ると、乱暴にエンターキーを叩いた。

「……やめて」

シュンの喉からかすれた声が漏れる。

「返してよ」

僕ならなにをされたってかまわない。殴《なぐ》られたって蹴られたって我慢はできる。だけど、それだけはダメだ。その中には僕がこれまでに作ったゲームのプログラムデータがすべて入っているんだから。

「お。なんだ、これ？　ゲームか？」

卓郎は長い舌で唇を舐《な》めると、食い入るようにモニタを眺め始めた。

「脱出ゲームか。へえ。面白そうじゃねえか」

再び笑顔を見せ、キーボードを操作する。

「お願い……返して」

シュンはそう口にするのが精一杯だった。歯向かおうにも、身体に力が入らない。卓郎の目を見るだけで、自分の意思とは関係なく全身が震えた。

と突然、卓郎の手が止まった。

「どういうことだ？　転校生」

険《けわ》しい表情でシュンを睨みつける。

「これ、おまえが作ったのか？　ふざけやがって！」

卓郎は大声で怒鳴ると、ノートパソコンを地面に叩きつけた。パソコンはまっぷたつに折れ、いくつかの部品があたりに飛び散る。

「ああ……」

パソコンを拾い上げようとしたシュンの腹に、卓郎の蹴りが入った。焼けつくような痛み。シュンは身体をふたつに折り、その場にうずくまる。逆流した胃液が手の甲にこぼれ落ちた。

「転校生。おまえが俺のことをどう思ってるのかよーくわかったよ」

シュンの背中に馬乗りになると、卓郎は吐き捨てるようにいった。

「誰も友達がいないおまえのことが可哀想《かわいそう》で、だから俺が友達になってやろうと思ったのにさ。まさか、恩を仇《あだ》で返されるとはな。あーあ、残念だ。ホント、裏切られた気分だよ」

　パーカーを強く引っ張られたため、首が圧迫された。息苦しさに耐えられず、身体をひねる。その反動で、卓郎が背中から崩れ落ちた。

「おいおい、どうしてくれるんだよ。服が汚れちまったじゃねえか」

　ジャケットについた泥を払い落としながら、卓郎が声を荒らげる。

「ゴ……ゴメン」

「クリーニング代を払ってもらわねえとなあ。ほら、金出せよ。あんなパソコンを持ち歩いてるくらいなんだから、小遣いだってたくさんもらってるんだろ？」

「ゴメン……お金は持ってない」

「嘘つくな。その中に入ってるんじゃねえのか？」

　卓郎はそう口にするなり、シュンのショルダーポーチを引きちぎり、中身を確認し始めた。

「やめて。それは……」

「なんだ。ガラクタばかりじゃねえか。つまんねえ奴だな」

　ふんと鼻を鳴らし、ポーチを沼に向かって放り投げる。

「あ――」

「クリーニング代として、明日二万円持ってこい。わかったな」

乱れた髪形を手櫛《てぐし》で整えながら、卓郎は怒鳴った。

「おい。聞いてるのか？　転校生」

彼の声は聞こえていたが、シュンには言葉を返すことができなかった。沼の底へ沈んでゆくポーチを、ただ呆然と眺め続けるのが精一杯。気を緩めれば、増幅する絶望感に押しつぶされてしまいそうになる。

……もうイヤだ。

シュンは力を振り絞り、できる限りの大声を張りあげた。なんと叫んだかは自分でもよくわからない。ただ、卓郎が驚いた顔でこちらを見たことだけは認識することができた。

シュンの視界から、ポーチが消え失せる。

またひとつ、負の感情が心の奥底に押し込まれるのがわかった。

ああ……。

唇の端からうつろな吐息が漏れた。身体の内側でなにかが弾《はじ》ける。

次の瞬間、彼は絶望が漂う暗澹《あんたん》たる世界に取り込まれていた。

第2章

鬼門

—ジェイルハウス—

きもん【鬼門】

(1) 陰陽道（おんようどう）で、鬼が出入りするとされる、不吉な方角。
艮（うしとら）（北東）の方角。

(2) 俗に、行くとろくな目にあわない所。また、苦手とする人物や事柄。

1

ポカポカ陽気といえども、今が真冬であることに変わりはない。

夕方になると気温は一気に下がり、冷たい北風が家路を急ぐ人たちに容赦なく襲いかかる。

「うう、さぶ」

聞き覚えのある声に、シュンは顔を上げ、あたりを見回した。

夕陽が沈みつつある右手方向には、三年前に操業を停止した巨大な化学工場が、ひっそりと静まり返った状態でたたずんでいる。

うつむいたままぼうっと歩いているうちに、いつの間にか町のはずれまでやって来てしまったらしい。

廃工場の向かい側――シュンから見て左手の方向には、高さ五メートルを優に超える城壁のような塀がそびえ立っていた。

石積みのその塀は、巨大な門をはさみつつ次の交差点まで延々と続き、シュンが通う中学校よりも広いであろう敷地をぐるりと取り囲んでいる。

塀は相当古いものらしく、ところどころが欠けたり崩れ落ちたりしていた。スプレーペンキで落書きされたアルファベットの羅列は、どれも単語になっておらず、なにを書きたかったのか意味不明だ。

道端には、煙草の吸殻やビールの空き缶が、うんざりするくらい無造作に捨てられている。このあたりは人通りが少ないため、ガラの悪い連中のたまり場になりやすいのだろう。彼らを寄せつけないためなのかどうかはわからないが、塀の上には有刺鉄線が張り巡らされ、簡単には不法侵入できないようになっていた。

ぼんやり石塀の落書きを眺《なが》めていると、今度は大きなくしゃみが聞こえた。

目を凝《こ》らして、前方を確認する。シュンの立つ場所から二十メートルほど先――アーチ型の門の前に、ふたつの人影が座り込んでいるのがわかった。

「卓郎君、こんなところにオレたちを呼び出して、一体なにを始めるつもりなんだろう？」

「……さあ？」

「卓郎君からなにか聞いてないの？」

「なんにも。あんたと同じで、いきなり電話がかかってきて、ここへ来いってただそれだけ。べつに珍しくないでしょ？　あいつの気まぐれはいつものことだわ」

寒さに震えながらコーヒーを啜《すす》っている金髪の小柄な少年はたけし、その隣で不機嫌そうな表情を浮かべている少女は美香《みか》。どちらもシュンのクラスメイトだった。

たけしはクラス一のお調子者で、いつもくだらないことをしゃべっては、みんなの笑いを誘っている。両親が食堂を経営しているからか、食に関しては並々ならぬこだわりがあり、よく給食のメニューにケチをつけたりもしていた。牛乳が好きで、毎日二本以上飲んでいるが、しかし身長はいっこうに伸びる気配がない。

一方の美香は、中学生とは思えぬ大人の色気を持つ美少女だったが、どこか他人を見下すようなところがあり、クラスの中でひどく浮いた存在となっていた。

もともと人見知りの激しいシュンだが、卓郎とつるむことの多いこの二人に関しては、とくに苦手意識を抱いていた。

「……うっ」

小さくうなり、下腹部を押さえる。卓郎のことを思い出した途端、胃のあたりがきりきりと痛み出した。

卓郎と親密な関係を持つ彼らとは、できればあまり関わり合いを持ちたくない。幸い、二人がこちらに気づいた様子はなかったので、そっと廃工場の陰に隠れて、様子をうかがうことにした。

たけしはかなりの寒がりなのか、何枚も重ね着した上に分厚いダウンジャケットを着込んでいる。それとは対照的に、美香はキャミソールの上から薄手のコートを一枚羽織っているだけだ。

「美香ちゃん。今、何時かわかる？」

空になったコーヒー缶を右手でつぶしながら、たけしは尋ねた。

「あんた、時計も持ってないの？　もうすぐ五時だけど」

ショートパンツの裾を気にしつつ、美香が答える。

「オレ、六時までには帰りたいんだけどなあ」

「あ、そう」

「うちの店、今夜は珍しく、予約がふたつも入ってるんだよ。絶対に手伝えって、母ちゃんに念を押されてるんだけど」

「じゃあ、卓郎にそういったらどう？」

美香は終始不機嫌な表情を崩そうとしない。しゃべりかたもひどくぶっきらぼうだ。

「いえないよ。いえるわけないだろう？　逆らったら、なにをされるかわからないんだからさ」

カーゴパンツからだらしなくぶら下がったサスペンダーをいじり、たけしは薄い唇を尖《とが》らせた。

「そうね。卓郎にはナオキの代わりが必要なわけだし」

……ナオキ？

その名前には聞き覚えがあった。シュンがこの町へ引っ越してくる前――昨年十二月に、トラックに撥《は》ねられて死んだという大橋直樹《おおはしなおき》のことだろうか？

心臓がどくんと跳ね上がる。

「たけし、どうする？　今度はあんたが標的にされちゃうかもしれないわよ」

「ああ、それだったら大丈夫。卓郎君、代わりを見つけたみたいだし」

つぶした空き缶を道端に放り投げ、たけしはいった。

「代わりって……誰？」

「あれ？　美香ちゃんなら、とっくに知ってるかと思ったけど。転校生だよ、転校生。えーと、なんて名前だっけ？」

「シュン？」

「そう、そいつ。最近、休み時間になると決まって、二人でこそこそとどこかへ出かけてるじゃん。卓郎君、目立つ場所へ傷をつけたりしないから、たぶんほかには誰も気づいてないと思うけど、あれは絶対にそうだって」

「そういえばあの子、先週、足首に包帯を巻いてたわね。もしかして、あれって……」

「たぶん、卓郎君にやられちゃったんだろうな」

たけしは肩を小さく上下させると、

「とにかく、オレじゃなくてよかったよ」

口の端を引き上げて笑った。

その姿に、シュンは軽いめまいを覚えた。胃が犬のうなり声に似た奇妙な音を立てる。

気持ち悪い。吐きそうだ。

それ以上立っていることができず、彼はその場にしゃがみ込んだ。しかし、気分はいっこうによくならない。

しばらくの間うずくまっていると、遠くのほうからカラカラと、ハムスターの回し車に似た乾いた音が聞こえてきた。振り返って様子をうかがうと、段ボール箱を縦にみっつ積み上げた台車が、ゆっくりと近づいてくる。段ボール箱の表面には、卓郎の父親が経営するホームセンターの名前が印刷されていた。

イヤな予感がする。

シュンは息をひそめ、台車が目の前を通り過ぎるのを待った。

思ったとおり、台車を押しているのは卓郎だった。いったん家へ戻って着替えたのか、裏山で出会ったときとは異なる色のジャケットを身につけている。

一体、どこからそれだけの大荷物を運んできたのか、彼の額には大粒の汗がにじんでいた。息づかいもずいぶんと荒いようだ。

卓郎は不満とも怒りともとれる表情を、顔面いっぱいに貼りつけていた。どうして、俺がこんな面倒くさいことをしなくちゃなんねえんだよ？　と今にも悪態をつきそうな雰囲気だ。

絶対に、見つかってはならない。

シュンは息を殺し、卓郎が通り過ぎるのを辛抱強く待ち続けた。

2

「あ、やっと来た」

こちらに向かって近づいてくる台車に気づき、美香は腰を上げた。冷たいアスファルトの上に長時間座っていたせいで、太もものつけ根が少ししびれている。

「遅いよ、もう」

山積みされた段ボール箱が邪魔をして、卓郎の姿は見えなかったが、台車は〈スマイル〉の入口に常備されているものだ。彼に間違いない。

「ん、もう。いつまで待たせるつもり？」

小走りで台車に駆け寄ると、

「よお」

パーカー風ジャケットとコーデュロイのパンツをお洒落《しゃれ》に組み合わせた卓郎が、挨拶をよこした。柔らかな髪からは、ベルガモットの香りがほのかに漂《ただよ》う。彼の誕生日に美香がプレゼントした香水だ。

「なんなの？　この荷物。一体、なにを始めるつもり？」

「悪い。手分けして、この中へ運んでもらえねえかな」

石塀をあごで示しながら、卓郎はいった。

「この中って……まさか、ジェイルハウスの中に？」

町の人は皆、この塀の内側に建つ巨大な洋館を〈ジェイルハウス〉と呼んでいた。ジェイルが留置所を意味する言葉だと知ったのは、つい最近のことである。美香の身長の三倍以上ある石造りの塀は、確かに監獄を取り囲む壁のように見えないこともない。

「ちょ、ちょっと。ジェイルハウスに忍び込むって……冗談だろう？」

頓狂《とんきょう》な声をあげたのはたけしだった。

「ここには化け物が棲《す》んでるんだよ。一度忍び込んだら、もう二度と戻ってこられない。実際、何人も行方不明になってるって――」

「おまえ、中二になってまだ、そんな戯言《たわごと》を真に受けてるのか？　馬鹿馬鹿しい。全部、作り話に決まってるだろ」

「作り話じゃないよ。うちの店のお客さんが話しているのを聞いたことがあるんだ。何年か前、その人の知り合いの知り合いがジェイルハウスに肝試しに出かけたまま帰ってこなかったたって」

「知り合いの知り合いか。噂話ではお決まりのパターンだな」

卓郎が鼻を鳴らして笑う。

「だけど——」

「仮にその話が本当だとしても、そいつが化け物に襲われたとは限らねえだろ。家出したか、それともなにかの犯罪に巻き込まれたか——あとから誰かがそれを化け物の仕業《しわざ》に仕立て上げただけかもしれねえし」

「直樹のときと同じってこと？」

「おい。あいつの話は二度とするなっていわなかったか？」

卓郎の表情が変わった。普段は人懐っこい子犬のような目をしているくせに、ときどきささいなことをきっかけに本性が現れる。

敵意に満ちた鋭い視線に、たちまちたけしは黙り込んでしまった。無理もない。あんな目で睨《にら》まれたら、臆病者の彼でなくとも縮みあがってしまうだろう。

「あたしもお化けの噂なんて、全然信じてないけどさ」

たけしにつかみかかろうとする卓郎を制止し、美香は口をはさんだ。べつに、たけしを助けたかったわけではない。ただ、くだらない喧嘩に無駄な時間を費やしたくなかった――それだけのことだ。

「でも、屋敷に忍び込むのはちょっとまずいんじゃない？　それって、いわゆる不法侵入ってヤツでしょ？　バレたら、あとあと面倒なことになっちゃうかも」

そう口にしながら、ふと思った。

もし警察に補導されたら、パパもママも少しはあたしのことを心配してくれるようになるだろうか？

「馬鹿。誰が忍び込むっていった？」

卓郎が微苦笑を漏らす。

「え？　違うの？」

「ここは俺んちだ」

彼は前髪を撫でると、得意げに胸をそらし、ジャケットのポケットから古ぼけた鍵を取り出した。

持ち手の部分に四葉のクローバーがデザインされたアンティークなシロモノだ。真鍮《しんちゅう》製だろうか？　鍵は夕陽を反射して黄金色に輝いている。

「ここ、親父が買い取ったんだ」

そう答えると、卓郎は美香たちに背を向け、鉄でできた見るからに頑丈そうな門の鍵穴に、黄金のクローバーを差し込んだ。

「いずれ、ここに新しい店を作るつもりなんだとさ。大学を卒業したら、ここはおまえに任せるっていわれた」

「へえ、すごいじゃない」

美香は素直にそう思ったのだが、

「馬鹿いうなよ」

卓郎は浮かない顔をしている。

「こんな辺鄙《へんぴ》なところに店を作って、客が集まるわけねえだろ」

「あ。まあ確かに……」

「絶対失敗するって忠告してやったんだけどさ、親父にはなにか考えがあるらしくて。もしかしたらホームセンターじゃなくて、お化け屋敷でも作るつもりなのかもな」

錠のはずれる音が響いた。卓郎はすぐに門を押し開けようとしたが、蝶番《ちょうつがい》部分が錆びているのか、目の前の障壁はびくとも動かない。

「おい。おまえも手伝え」

ダウンジャケットのポケットに手を入れたまま、呆《ほう》けた顔で立ち尽くしていたたけしに叱咤《しった》の声を飛ばす。

「あ、ゴメン」

たけしは慌てて卓郎の横に立つと、

「ふむむむむっ！」

こめかみに青すじを立てながら、門を押し始めた。

美香は腕を組み、踏ん張る二人の姿を傍観した。いくら卓郎の頼みでも、力仕事なんて絶対にゴメンだ。ペルシャ猫の〈ハート〉より重たいものは持ちたくない。

「ここが卓郎のお父さんの所有物だってことはわかったけど……それで一体、あなたはなにしに来たわけ？」

彼の背中に尋ねる。

「親父に頼まれたんだよ。来週から改装工事を始めるから、荷物を運んでほしいって。こら、たけし。もっと力を入れろ」

「入れてるってば！」

卓郎に頭を小突かれ、たけしは情けない悲鳴をあげた。

「台車に載せて、なんとかここまで運んできたけど、屋敷の中へ運び込むには台車から下ろさなきゃならねえし、一人でやるのもつまんねえしさ。だから、おまえらに手伝ってもらおうと思って」

「運ぶのはたけし。あたしは卓郎とのおしゃべり専門だからね」

「ああ。最初からそのつもりだ」

「ちょっと待ってよ。オレ一人に運ばせるつもりなの？」

「こら。力を抜くな、馬鹿」

卓郎に罵《ののし》られ、たけしはしゅんと頭《こうべ》を垂れた。

「お父さんの手伝いだなんて、なんだか卓郎らしくないわね」

卓郎にいう。べつに意識したわけではないのだが、ずいぶんと棘《とげ》のある口調になってしまった。理由はわからない。もしかしたら、親の仕事を手伝うことのできる卓郎を羨《うらや》んだのかもしれなかった。

「なにか悪いか？」

美香の言葉にぶら下がった悪感情に気づいたのだろう。卓郎の声がわずかに低くなる。

「べつに」

あんた、親の前でも猫をかぶってるんだ——喉まで出かかったその言葉をすんでのところで呑み込んだ。

両親さえ知らない卓郎の一面を、あたしは知っている。あたしの前でなら、卓郎は本当の姿をさらけ出してくれる。それでいいじゃない。

今の心地よい関係に、自らひびを入れたくはなかった。

軋《きし》んだ音を立て、鉄の門が開く。

鬱蒼《うっそう》と茂った雑草の向こう側には、映画でしか見たことのないような、西洋風の巨大な屋敷がそびえ立っていた。

3

卓郎、たけし、美香の三人が門の向こう側へ消えたことを確認すると、シュンは廃工場を離れて、先ほどまで彼らが会話を交わしていた場所に立った。

たけしの捨てた空き缶が、風に吹かれてシュンの足もとまで転がってくる。人一人がようやく通れるほどに開いた門の隙間から中を覗き込むと、屋敷に向かって歩く三人の姿が見えた。いたるところから雑草が生えているせいか、台車を動かすのにかなり苦労しているようだ。

「こら、馬鹿。もっとしっかり荷物を押さえてろ！」

たけしは何度も、卓郎に頭を小突かれている。もし、あそこにシュンがいたら、たけしのポジションに収まっていたのは間違いなく彼だったろう。

見つかったら大変だ。

シュンは卓郎たちの様子をうかがいつつ、静かに後ずさりを始めた。

と、そのとき。

「こんなところでなにをやってるのかな?」

突然、背後から肩を叩かれた。叫び声をあげたくなるのを必死でこらえ、振り返る。

怪訝《けげん》そうに立っていたのは、学級委員長の杏奈《あんな》だった。フリルのついたスカートが風にひらひらと揺れている。

「あれ? 門が開いてる。どうして――」

「委員長、こっちへ」

中を覗き込もうとする彼女の腕をつかむと、シュンは再び廃工場へと身を隠した。建物の陰から顔を出し、周囲の様子をうかがう。とくに変化はない。どうやら、気づかれずにすんだようだ。

「シュン君……腕」

杏奈が困ったように眉根を寄せた。それでようやく、彼女の左腕をつかんだままでいたことに気がつく。

「あ。ゴメン」

シュンは慌てて、クリーム色のカーディガンから手を離した。

「急に、私の腕をつかんで走り出すんだもん。びっくりしちゃった。一体、どうしたっていうの？」

彼女は右手に、あまりオシャレとはいえないビニール製の手提げバッグを持っていた。バッグの表面には進学塾の名前がプリントされている。塾へ向かう途中だったらしい。

ブラウスの胸ポケットから垂れ下がった柴犬のキーホルダーが、シュンのほうを見て所在なく揺れた。シュンも同じキーホルダーを持っている。つい先日、杏奈からプレゼントされたものだった。

無邪気な柴犬の顔を目にした途端、こめかみが激しく痛み始めた。

「具合でも悪いの？」

心配そうに杏奈がこちらを見やる。

「いや、べつに」

小さくかぶりを振る。実際、痛みはすぐに治まった。

「あ……あのさ……」

なにかしゃべらなければと思うのだが、緊張してそれ以上の言葉が出てこない。ただでさえ極度の人見知りだというのに、目の前の相手が杏奈となればなおさらだった。

困ったことがあったら、なんでも私に訊《き》いてね。

クラス委員長の杏奈は、転校してきたばかりのシュンに、親しく話しかけてきてくれた唯一の生徒だった。

理科室の床がへこんでいてつまずきやすいこと、英語の先生が日付に合わせて生徒を指名すること、裏山の存在を教えてくれたのも、すべて彼女だ。

特別な感情を抱くのに、それほど多くの時間はかからなかった。腰まで届く艶やかな黒髪。笑ったときにふくらむ目の下の涙袋。わずかに舌足らずな口調。日を追うごとに、きらきらと輝く部分が増えていく。

だが、意識すればするほど緊張の度合いが高まり、シュンはますますなにもしゃべれなくなってしまった。情けないにもほどがあると自分を罵るものの、生まれ持っての性格はどうすることもできない。

話しかけられても下をうつむくばかりの男なんて、すぐに愛想を尽かされて当然だが、彼女の場合は違っていた。

授業中、担任教師が発したくだらない駄洒落《ダジャレ》がなぜかツボにはまり、つい噴き出してしまったことがある。そんなシュンを見て、杏奈は「あ、笑った」と嬉しそうに微笑《ほほえ》んだ。

「シュン君って笑うと、柴犬みたいな目になるんだね。可愛《かわい》い」

同級生に「可愛い」なんて言葉をかけられたのは、生まれて初めての経験だった。恥ずかしいやら照れくさいやらで、そのあとの授業はなにも耳に入らなかったことを覚えている。

「このキーホルダー、シュン君にそっくりだったから思わず買っちゃった。二個でワンセットだったから、一個はシュン君にあげるね」

その後、彼女から突然手渡されたキーホルダー。

「……ありがとう」

心臓が破裂しそうになりながらも、勇気を持ってシュンは答えた。

「一生、大切にするから」

本心から出た言葉だった。

終始笑顔を絶やさず、誰にでも優しく接する杏奈。彼女を眺めているだけで、シュンは幸せな気持ちに浸ることができた。だがその一方で、彼女が時折見せる暗くよどんだまなざしに心を痛めてもいた。

笑顔の奥に見え隠れする深い虚無感。授業中にこぼれるかすかなため息。まぶたの下にできたくま。

驚いたことに、シュン以外で彼女の変化に気づいた生徒は、一人もいないようだった。杏奈の隣の席に座っている男子も、いつも杏奈と親しげにしゃべっている女子でさえ、彼女にいたわりの言葉をかけようとしない。

どうして、誰も気づかないのだろう？　どうして、なにがあったの？　と尋ねてあげないのだろう？

歯がゆかったが、だからといってシュンのほうから尋ねる度胸もない。

一体、どんな苦しみを抱えているの？

いつもそのことが気にかかり、だからますます授業中に彼女の横顔を見つめるようになった。


杏奈は転校生のシュンに、いつも優しく接してくれた。自分も恩返ししなくてはならない。

そう思うのだが、気持ちとは裏腹に、口は貝のように固く閉ざされてしまう。

「あのさ……」

今だって、なにひとつ気のきいた台詞《せりふ》が思い浮かばない。焦って鼻の頭をこするが、それで事態が変わるわけでもなかった。

「ん？」

杏奈が不思議そうに、シュンの顔を覗き込む。こんな近くで彼女を見るのは初めてのことだ。さらに緊張し、頭の中が真っ白になる。

「……あ」

杏奈のチャームポイントのひとつである目の下の涙袋が、いつもより大きくふくれあがっていることに気がついた。目も少し赤い。

「もしかして……泣いてたの？」

なにかしゃべらなくてはと焦った結果、不意に口から出た言葉がそれだった。

杏奈は驚いた表情を見せ、右の小指をまぶたに当てた。

「えへ。わかっちゃった？」

首をすくめて、おどけたようにいう。

「……なにかあったの？」

「べつに。埃《ほこり》が目に入っただけ」

いつものシュンなら、「ああ、そう」と頷き、黙り込んでいただろう。今日もそうするつもりだった。だが、次に発したひとことは、シュン自身も驚く意外なものだった。

「本当に？」

杏奈はまばたきを繰り返し、不思議そうにシュンを見返した。

「どういうこと？」

「だって、委員長……ときどき元気がないように見えたから」

しどろもどろになりながらもしゃべり続ける自分に慌てふためく。

どうしたというのだろう？　まるで自分が自分でないみたいだ。夢の中ではときどき、饒舌《じょうぜつ》にしゃべることもあったが……。

もしかして、これは夢？

そういえば、足もとがふわふわして、どことなく現実感に乏《とぼ》しいような気もする。

「なんだ、バレちゃってたんだ」

杏奈は空を見上げると、真っ白な息を吐き出した。

「自分では吹っ切ったつもりでいたんだけどなあ。みんなにもなにもいわれなくなったし、もう大丈夫だと思ってたのに……やっぱり、まだダメだったか」

明るく振る舞っているつもりなのだろうが、やはりどこか痛々しい。

「……ゴメン」

彼女が必死で隠そうとしていた領域に、図々しく踏み込んでしまったような気がして、シュンは頭を下げた。

「そっか。三学期になってから転校してきたシュン君は、あの事故のこと知らないんだよね」

杏奈は背中に手を回すと、工場の周りをゆっくりと歩きながらひとりごとのようにいった。

「私の両親ね、去年の十二月に自動車事故で死んじゃったんだ」

背すじを伸ばしたまま、国語の教科書でも読むみたいに答える。そうしなければ、平静が保てなかったのかもしれない。

「雪の降る日曜日だった。家族三人で百貨店に出かけた帰り道、対向車線を走っていたトラックが突然、向きを変えて私たちの車にぶつかってきたの。それで、すべてオシマイ。どうしてだかわからないけど、私だけが助かっちゃった」

声を詰まらすことも、感情に身体が震えることもなく、淡々としゃべり続ける。だけど、平気なはずはない。その証拠に、杏奈は先ほどから一度も、シュンに顔を向けようとしなかった。

「全部で三台の車が衝突して、七人の人が亡くなった。車に乗っていた人は私以外、全員死んじゃったんだ。おかしいよね？　私は後ろの座席から身を乗り出して、パパとママにはさまれながらしゃべってたんだよ。それなのにどうして、私だけが助かったんだろう？　二人とも即死だったのに、私は無傷。あり得ないでしょう？　どうして――」

「ゴメン」

それ以上、話を聞くのがつらくなり、シュンはもう一度謝った。

「無神経なことを訊いちゃって……本当にゴメン」

「ううん、全然。いつまでもめそめそしてたってしょうがないもんね。今年は受験生になるし、早く吹っ切らないと」

彼女は目尻をこすると、シュンのほうへ向き直った。夕陽が邪魔をして、表情はよくわからない。あえて確認する必要もないだろうとシュンは思った。

「じゃあ、次は私のほうから質問してもいい？　シュン君、どうしてこんなところにいるの？　ここがどういう場所か知ってるのかな？」

石塀に視線を向けながら、杏奈が尋ねる。

「ジェイルハウス――化け物が出るって噂の屋敷だろう？」

この町でもっとも有名な心霊スポットだ。クラスメイトの間で話題にのぼらない日はなかったといっていい。

二十年ほど前まで若い夫婦と車椅子の娘が住んでいたらしいんだけど、いつの間にかいなくなっちゃったんだって。

車椅子の女の子は生まれつき紫外線に弱い体質でさ、真夏でも分厚いコートを着込んで、絶対に素肌を見せなかったらしいよ。

今は誰も住んでいないのに、敷地内から不気味な物音が聞こえてくることがあるんだ。化け物を見たっていう人もいるよね。

二十年前に住んでいた一家は、実は引っ越したんじゃなくて、娘の病気を嘆いて心中したって聞いたことがあるよ。もしかすると、家族の亡霊が今も暴れているのかも。

うんざりするくらい耳にした噂の数々。だから、転校してきて間もないシュンでも、ある程度の知識は持ち合わせていた。

「あ。それがわかってて、ここへ来たんだ。もしかして、ホラー映画のファンだったりするのかな？　幽霊や呪いを信じるほう？」

ぶんぶん、と激しく首を横に振る。目の前を黒猫が横切っただけでも腰を抜かしてしまう人間だ。生まれてこのかた、遊園地のお化け屋敷にさえ入ったことがない。ホラー映画なんて観たら、きっと卒倒してしまうだろう。

「じゃあ、どうして？」

「卓郎君たちがあの中に……」

「卓郎君？」

一瞬、杏奈の表情が固まった。唇を一文字に結び、じっと虚空を見つめる。まるで、なにかに耐えているようにも見えた。

「もしかして……また、なにか企《たくら》んでいるのかな？」

杏奈は小声でそう呟くと、工場に背を向け、巨大な門に向かって歩き始めた。

「ど、どうするつもり？」

慌てて、彼女のあとを追いかける。

「あの子の悪巧みを阻止する。パパやママみたいな犠牲者がこれ以上増えたら大変だから」

前方を見据えたまま、杏奈は力強く答えた。

「……どういうこと？　あ、痛てっ」

いきなり立ち止まった彼女の背中に、鼻をぶつける。痛みで、涙がこぼれそうになった。

「あのね、シュン君」

ゆっくりと振り返った杏奈の顔に、シュンは全身を硬直させた。そんな表情の彼女を、これまで一度も見たことがなかったからだ。

杏奈の唇が小さく動く。

「私の両親はね、卓郎君に殺されたの」

その声は怒りに震えていた。

第3章

幽鬼

—勇気—

ゆうき【幽鬼】

(1)亡霊。幽霊。

(2)ばけもの。おばけ。

1

なんて気味の悪い屋敷なんだ。

三階建ての古びた洋館を見上げ、たけしは二の腕をこすった。分厚いダウンジャケットを身につけているから、まだ誰にも気づかれていないが、両腕にはびっしりと鳥肌が立っている。卓郎がいなければ、たぶん大声で泣きわめき、ソッコーで逃げ出していたに違いない。

頭に超がつくほどの臆病者であることは、充分すぎるほど自覚していた。とくに、幽霊や宇宙人など、得体の知れないものは大キライだ。

だから、化け物が棲みついていると噂されるここ――ジェイルハウスにはこれまで一度も近づいたことがなかった。ジェイルハウスの先にあるゲームセンターへ出かけるときですら、わざわざ遠回りをしていたくらいである。

ジェイルハウスの前で待っててくれ、と卓郎の連絡を受けたときからずっと、手の震えが止まらなかった。美香には寒さのせいだとごまかしたが、本当は違う。怖くてたまらないのだ。しかし、だからといって、卓郎の命令を拒否できるはずもない。拒否すれば、幽霊よりも恐ろしい仕打ちが待ち受けているに決まっている。

冗談じゃない。

たけしは毒づいた。もちろん、声に出すことはない。

ジェイルハウスは一時的な待ち合わせ場所で、そこからゲーセンにでも移動するのだとばかり思っていた。それがまさか、門扉を押し開けて敷地内に足を踏み入れることになるとは。

夢なら早く覚めてくれ。

目を閉じ、ひたすらそう祈る。

ここに新しいホームセンターを作るだって？　あまりにも馬鹿げた考えだ。こんな呪われた場所に、誰が好きこのんで買い物になんて来るものか。絶対、うまくいくはずがない。

今すぐにでも卓郎の父親に助言してやりたかったが、たけしがそんなことをいい出したところで、鼻で笑われるのは目に見えていた。

「あれ？　おっかしいなあ」

卓郎は先ほどから屋敷の入口に立ち、細かい彫刻の施《ほどこ》されたドアを開けようと躍起になっている。用意してきたキーを鍵穴に差し込むのだが、何度やっても解錠できずにいるらしい。

「鍵が違うんじゃないの？」

「そんなはずねえんだけど」

眉間《みけん》にしわを寄せながら、彼は乱暴にキーを回した。しかし、結果は変わらない。頼むから開いてくれるな、とたけしはドアに念を送った。

「ああ、むかつく！」

いきなり、卓郎がドアを蹴飛ばす。大きな音に、たけしは首をすくめた。おそるおそる入口を確認したが、見るからに頑丈そうなドアはびくともしていない。古びてはいるものの、足蹴り程度で破れるような柔《やわ》な造りにはなっていないようだ。

「チクショー。どうすりゃ開くんだよ？」

「お父さんに訊いてみたら？」

これ以上、不機嫌になられても困る。本意ではなかったが、荒ぶる卓郎にそう提案してみた。

「馬鹿か、おまえ。そんなの訊けるわけねえだろ。この鍵だって、黙って勝手に持ち出してきたんだからさ」

「え？　だって――」

父親に頼まれて荷物を運んできたのだと、話していなかったっけ？

どうやら、事実は違うらしい。とはいえ、そこを追及したところで、ますます彼の機嫌を損ねるだけだ。たけしは喉もとまで出かかった言葉を、唾と一緒に呑み込んだ。

先ほどまで南の空に見えていた真っ赤な太陽は、いつの間にか姿を消し、あたりは次第に薄暗くなり始めていた。夜になれば、気温はますます下がるに違いない。店の手伝いもあることだし、できるだけ早く家に帰りたいところだが。

どうすれば、卓郎をあきらめさせることができるだろうか？

苛立たしげな彼の横顔を眺めながら、必死で知恵を絞っていると、

「痛いっ！」

先ほどからつまらなそうに庭を歩き回っていた美香が、突然悲鳴をあげた。

「イヤだ。なに、これ？」

右手を突き出し、こちらに駆け寄ってくる。

彼女の手の甲は、真ん中あたりが赤く腫《は》れあがっていた。そこからわずかに血がにじんでいる。

「蜂にでも刺されたのか？」

手の傷を見て、卓郎がいった。

まさか。今は二月だ。蜂なんているわけがない。

「ううん。蜂じゃない。バッタみたいな青っぽい虫だったわ。雑草にしがみついてたヤツが、急にあたしの手に飛びついてきて……」

「痛むの?」

たけしは顔をしかめながら尋ねた。注射、歯痛、すり傷……痛いのは幽霊と同じくらい苦手だ。

「一瞬、ちくっとしただけ。でも、全然血が止まらないの。卓郎、絆創膏《ばんそうこう》かなにか持ってない?」

「あるわけねえだろ、そんなもん」

唇を突き出し、彼はぶっきらぼうに答えた。そりゃあ、そうだ。卓郎がポケットから手際よく絆創膏や包帯を取り出したら、そのほうが驚いてしまう。

「この中にはなにか入ってないの?」

手の腫れより、血で服が汚れることを気にしているのだろう。美香は右手を身体から離したまま、左手で台車の上の段ボール箱を開けようとした。

「さわるな!」

卓郎の大喝声《だいかつせい》が飛ぶ。まさか、そこまで怒鳴られるとは思っていなかったのだろう。美香は動きを止め、ぽかんとした表情で彼を見上げた。

「……箱にはさわるな」

卓郎はそれだけいうと、ばつの悪そうな表情で美香から視線をそらした。

「そんなマジになって怒らなくたっていいでしょ」

美香は唇を突き出すと、見るからに不機嫌そうな面持ちで台車の前を離れた。気まずい沈黙があたりに漂う。

おいおい、勘弁してくれよ。

間にはさまれたたけしはたまったものではない。彼は二人に気づかれぬよう、そっとため息をついた。

「おい、たけし。ほかに入口がないか調べてくれ」

先に沈黙を破ったのは卓郎だった。あからさまな仏頂面をたけしに向ける。

「あ……うん」

夜が迫り、あたりの景色はさらに不気味さを増していた。こんなところで一人きりにはなりたくなかったが、彼の命令とあらば仕方がない。たけしは二人の前を離れると、建物に沿って歩き始めた。

等間隔で並んだ窓にはどれも、頑丈そうな鉄格子がはまっている。試しに一本をつかんでみたが、とてもはずせそうにない。

手に付いた赤錆を払い落としながら、玄関を振り返る。卓郎は飽きることなくドアと格闘中。美香は膝を抱え、玄関前の石畳に座り込んでいた。美香の視線の先には台車に詰まれた段ボール箱がある。

卓郎は短気だが、しかし美香を怒鳴りつける姿など、これまで一度も見たことがなかった。

なぜ、段ボール箱にさわっただけで、あんなにも激昂《げっこう》したのだろう？

あの中にはなにが入っているのか？　父親に頼まれて持ってきた荷物だというのは、たぶん嘘だ。直樹が死んだときと同じように、またなにかよからぬことを企んでいるに違いない。

「おい、なにをやってるんだ？　早くしないと陽が暮れちまうだろうが」

あれこれ考えにふけっていたたけしに、卓郎からの叱責が飛んだ。

「あ、ゴメン。どうにかして窓を破れないかなと思って」

慌てて言い訳を並べ、窓に向き直る。

鉄格子の間に無理やり腕を差し込み、指先で汚れたガラスを拭ってみた。たまっていた埃が宙に舞い、激しく咳き込む。

かろうじて汚れの取れた部分に顔を近づけ、中を覗き込んだが、内側から板のようなものが張りつけてあるらしく、屋敷内の様子はまるでわからない。

これ以上、この場にとどまっていても仕方ないだろう。あきらめて、隣の窓へと移動することにした。だが、結果はやはり同じ。鉄格子はびくともしないし、ガラスを拭っても、板が邪魔をして中を覗き見ることは不可能だ。

たぶん、どの窓も同じなのだろう。でも、正直にそうはいえない。無駄な努力とわかりながらも、卓郎の手前、手を抜くことはできなかった。

次の窓へ移ろうと鉄格子から手を離したそのとき、

ぱたぱた

廊下を小走りで駆けていくような音が耳に届いた。

……え？

耳を澄ませ、再び窓に顔を寄せる。

ぱたぱたぱたぱた

今度ははっきりとわかった。左から右へと移動する足音が、屋敷の中から聞こえてくる。

鼠《ねずみ》？

いや、違う。もっと大きな生き物だ。食べ物を求めて迷い込んだ大型犬か、あるいは子供か——。

たけしは弾かれたようにその場を離れると、隣の窓へ移動した。そこもやはり先ほどと同じで――いや、少し違っていた。手のひらで埃を拭うと、窓の右端から光が漏れた。これまでのように完全にふさがれているわけではなく、わずかな隙間があるらしい。

しかし、どうして光が？　屋敷の中には明かりが灯《とも》っているのだろうか？　誰も住んでいないはずのこの屋敷になぜ？

たけしはゆっくりと窓に顔を近づけた。片目を閉じ、隙間の奥を覗き込む。

青い背景の手前に、黒く丸いものが見えた。

……なんだ？

目を凝らすと同時に、その物体は大きくふくれあがった。

黒い球体の中心にはたけしの姿が映り込んでいる。その周りに毛細血管のようなものを見つけ、彼は喉が張り裂けんばかりの悲鳴を張りあげた。

これは目玉だ！

誰かがこちらを覗き込んでいる！

「おい、どうした？」

その場に尻餅をついたたけしのもとに、卓郎と美香が駆け寄ってきた。

「ひ、人が……人が中に……」

窓を指差し説明するが、舌がうまく回ってくれない。

「オ、オレのほうを、にら、にら、睨みつけてきて……」

「はあ？　なにいってるんだ、おまえ？」

卓郎は呆れたように笑うと、窓の隙間に顔を近づけた。

「暗くて、なんにもわかんねえけど」

「きっと逃げたんだ。オレが見たときは本当に……」

「わかった、わかった。怖がりのおまえにこんなことを頼んだ俺が馬鹿だったよ。だから騒ぐな。悲鳴を聞きつけて、誰か来たらヤバいだろ」

「ヤバい？　どうして？」

美香が卓郎に詰め寄る。

「お父さんに頼まれて、ここへ来たんじゃなかったの？」

卓郎が返答に困っていると、今度は屋敷の裏手からけたたましい悲鳴が聞こえてきた。

「なんだ？」

血相を変えて、走り出す卓郎。

「ちょっと待ってよ」

そのあとに美香が続く。

「あ。一人にしないで。待って。待ってってば」

慌てて立ち上がろうとしたが、うまく足に力が入らない。

たけしは這いずりながら、二人の背中を追いかけた。

2

杏奈は手提げバッグを放り出すと、シュンが呼び止める暇もなく、門扉の隙間にするりと身体を滑り込ませ、敷地内を走り始めていた。

「ちょ、ちょっと」

できることなら、卓郎と顔を合わせたくはない。このまま逃げ帰ろうかとも思ったが、意を決して彼女のあとを追いかける。

――私の両親はね、卓郎君に殺されたの。

そう口にしたときの、彼女の苦悶に満ちた表情を思い出す。どういうことなのか杏奈から訊き出す必要があったし、それ以上に、卓郎を殺すかのような勢いで塀の内側へと飛び込んでいった彼女のことが心配でならなかった。

門を通り抜けると、目の前にはなんの手入れもされていない広大な庭が広がっていた。よほど土に栄養が染み込んでいるのか、真冬であるにも拘《かか》わらず、雑草は伸び放題だ。

　卓郎たち三人は、巨大な洋館の前でなにやら話し合っている最中だった。かなり距離があるので、会話までは聞き取れない。向こうも、シュンたちが入ってきたことには気づいていないようだ。

「じゃあ、行くね」

　シュンのすぐそばで、杏奈が囁《ささや》いた。

「……え？」

　深呼吸をしたのか、彼女の胸が大きく動く。両手は拳《こぶし》を握り締めていた。そのままゆっくりと卓郎たちのほうへ向かっていくかと思いきや、身を屈めて石塀沿いに歩を進める。

「あ……ちょっと」

　思いがけない杏奈の行動に慌て、うっかり声を出してしまった。気配に気づいたのか、美香がこちらに顔を向ける。彼女とまともに視線が絡み合った。

　しまった。見つかった。

　シュンは身体を硬直させたが、美香はそのまま別の方向を向き、退屈そうにあくびを漏らした。太陽が沈み、薄暗くなったことが幸いしたのか、どうやら気づかれずにすんだようだ。

「シュン君、隠れて」

いつの間に戻ってきたのか、シュンの足もとでしゃがみ込む杏奈に、強く腕を引っ張られる。されるがまま、彼はその場に腰を落とした。

「よかった。見つかっちゃったかと思ったけど、大丈夫だったみたい。あの子、近眼なのかな？」

胸を撫でながら杏奈がいう。

「……これから、なにをするつもりなの？」

彼女に尋ねた。

「卓郎君たちがなにを企んでいるのか、まともに訊いたって正直に答えてくれるわけがないから、こっそり近づいて突き止めてやるつもり」

杏奈は早口で答えると、腰を屈めたまま草むらの中を移動し始めた。彼女と同じ姿勢で、シュンもあとに続く。

あたりはますます暗くなっていたし、伸び放題の雑草がうまく身体を隠してくれるので、よほどの下手《へた》を打たない限り、見つかることはないだろう。

「ゴメンね。シュン君までつきあわせちゃって」

前を進む杏奈が、小声で囁いた。

「いや、僕が勝手についてきただけだから」

背中を向けている彼女に見えるわけもないのに、胸の前で両手を振る。

「僕のほうこそゴメン。迷惑じゃなかった？」

「ううん。一緒にいてくれて心強いよ。ありがとう」

心がほわんと温かくなる。嘘であってもいい。その言葉だけで、シュンは自分の存在に意味を見出すことができた。

「……学校には慣れた？」

「いや、まだ全然。僕、口下手だし……友達を作るのって、あんまり得意じゃないから」

「そんなことはないでしょ。私とはこんなふうにしゃべってるわけだし」

委員長は特別な存在だから。

心の中だけで答える。なぜか耳たぶが熱くなった。


卓郎たちに見つからぬよう、二人は慎重に前進した。

腰を屈めたまま歩き続けるのは、意外につらいものだ。シュンのような、いつもパソコンばかりさわっている者にとってはなおさらだった。

少し休もうかと立ち止まり、腰をさすりながら前方に顔を向ける。と、屋敷の裏側へ回り込む怪しげな人影が視界に入った。視力には自信がある。見間違いではない。

「……今、誰かいたよね？」

杏奈が動きを止め、怯《おび》えた様子でこちらを振り返った。シュンが頷くと、なぜかほっとした表情を浮かべる。

「……ねえ。シュン君って霊感とか強かったりする？」

唐突な質問に、シュンは面食らった。

「まさか」

笑って答える。幽霊なんてものが、この世に存在するはずがない。人の生み出したくだらない妄想だ。

「よかった。ってことは、今見えたあれって、霊的なものじゃないんだよね」

杏奈は胸を撫でると、再び先を急ぎ始めた。

「ちょ、ちょっと待って」

わけがわからず、彼女を呼び止める。

「委員長は……霊感があるの？」

そんなわけないでしょ、と笑い飛ばされることを期待したが、杏奈は前方を向いたまま、こくりと首を縦に振った。

「こんな話をしたら、変な奴だって思われちゃうかもしれないけど……」

ためらいがちに口を開く。

「向こうの世界にちょっとだけ足を踏み入れかけたからなのかな？　あの事故以来、私……いろいろと見えるようになっちゃったんだ」

　草むらをかきわけ、前に進みながら、彼女は答えた。

「ここへ来る途中にも、首のないお婆さんを一人見かけたし」

「………」

「ゴメン。やっぱりやめておく。信じられないよね、こんな話」

「ううん。聞かせてもらえるかな？」

　つい先日、この近くで事故があり、喜寿《きじゅ》間近の老婆が首の骨を折って死んだ、と母親が話していたことを思い出す。杏奈が見た霊は、その憐《あわ》れな老婆だったのかもしれない。

「幽霊って、お墓とか古いトンネルの中とか、そういう薄気味悪い場所ばかりにいるものだと思ってた。でも、違うんだよ。本当はどこにだっているんだから。……学校でも五人ほど見かけたかな。理科準備室にね、私たちと同じくらいの年の女の子が棲《す》みついてるんだ。いつも骸骨模型のそばで膝を抱えて泣いてばかり。話しかけてもちっともしゃべってくれないんだけど」

　そこまでしゃべり、杏奈は首をすくめた。

「ゴメンね、変な話をしちゃって。やっぱり、あり得ないよ。たぶん、私の頭がどうかなっちゃったんだ。シュン君だってそう思うでしょ？」

「あ、いや……」

シュンは返答に困った。どんな台詞を口にしても、白々しく聞こえてしまいそうだ。

「本当にゴメンね。これまで、誰かに打ち明けたことなんて一度もなかったのに……どうしちゃったんだろう？　私」

その声は震えていた。もしかして、泣いているのだろうか？　確かめたかったが、こちらに背中を向けているため、表情まではよくわからない。

窓を調べ始めたたけしのすぐ近くを気づかれぬように通り過ぎ、屋敷の側面へと回り込む。

卓郎たちの姿が完全に視界から消えたことを確認すると、杏奈は塀のそばを離れ、屋敷の外壁へと駆け寄った。シュンも彼女を追走する。

耳を澄ませると、草をかき分ける音が屋敷の裏手から聞こえてきた。やはり、誰かいるようだ。恐怖で顔の筋肉がひきつるのがわかった。

「大丈夫。幽霊はこんなに騒々しいものじゃないから」

杏奈の言葉に、さらなる戦慄を覚える。怖がる彼を励ますつもりでいったのだろうが、むしろ逆効果だ。こんなところを一人きりでうろついている人間のほうが、幽霊よりよっぽど怖い。

そんなシュンの恐怖心を敏感に察したのか、彼女がこちらを振り返った。

「心配ないってば」

そういって笑った杏奈の肩越しに、青白い手が見えた。

「い……委員長」

「どうしたの？」

彼女の右肩に、ゆっくりと下ろされる手。

次の瞬間、シュンは自分でも驚くほどの大声をあげていた。

3

「おい、誰だ？」

シュンの悲鳴を耳にして、卓郎たちがやって来る。

逃げようと思っても、下半身がいうことを聞いてくれない。シュンは雑草の上に尻餅をついたまま、その場から一歩も動けずにいた。

周囲を見回したが、杏奈の姿はどこにも見当たらない。卓郎たちがやって来る前に、どこかへ素早く身を隠したようだ。

「なんだ、おまえか。おい。こんなところで、なにやってるんだ？」

卓郎が刺すような視線を放つ。蛇に睨まれた蛙《かえる》の思いが痛いほどわかった。恐怖に全身がすくみ、脂汗ばかりがだらだらと流れ落ちる。

「あ、あの……」

慌てて言い訳の言葉を探したが、ただ焦るばかりでまともに声も出ない。

「聞こえなかったか？　俺んちの庭に勝手に入り込んで、なにをやってるのかって訊いてるんだよ」

「ああ、すみません。ここは卓郎君のお父様の所有地でしたか。てっきり、空き家だとばかり思っていたものですから」

シュンより先に答えたのは、彼を驚かせた張本人——屋敷の裏でなにやらこそこそと動き回っていたひろしだった。

「言い訳はいい。なにをやってたか正直に答えてみろよ」

「昆虫採集です」

袖についた雑草の種子を払いのけながら、ひろしはいった。学校の裏山で別れてから、まっすぐここへやって来たのか、今もまだ学校の制服を身につけたままだ。パニック寸前のシュンとは違い、彼はとても落ち着き払っていた。

「昆虫採集？　おいおい、脳みそ野郎。そんな嘘が通用すると思ってるのか？」

それまで卓郎の陰に隠れていたたけしが、急に威勢よくしゃべり始める。

「お化けじゃないとわかった途端、威張り始めるなんて、ホント単純な奴」

美香が吐き捨てるようにいった。

「さっきまで、お化けがいるから早く逃げたほうがいいって、ぴーぴー泣きわめいてたくせに」

「な、なにいってるんだよ、美香ちゃん。オレはべつに泣いたりなんかしてないよ。そりゃあ、ちょっとはわめいたかもしれないけどさ。大体、化け物なんて本当にいるわけないんだし、オレがそんなものを怖がるなんて、絶対にあり得──」

「うるせえ、たけし。おまえは少し黙ってろ」

「……ゴメン」

卓郎に怒鳴られ、たけしは小さな身体をますます小さくした。

「だけど、こいつのいうとおりだな。ひろし、嘘はやめろよ」

卓郎が眼光を鋭くする。

「学年一の秀才が、昆虫採集なんてガキみたいな真似をするわけねえだろ？　大体、タモも虫かごも持ってねえじゃねえか」

「ああ。それなら、塀を乗り越えるのに邪魔なので、道端に置いてきました」

メガネのフレームを押し上げながら、ひろしはいつもの調子で答えた。卓郎の前でも、なんら動揺するところがない。

「卓郎君の発言に明らかな誤りを見つけましたので、指摘させてください。昆虫採集は子供の遊びではありませんよ。どこにどのような種類の虫が生息しているかを調べることで、分類学、生態学、地質学、環境学——様々な分野の学問にアプローチすることができますし、ひいては地球の歴史を紐解く起爆剤にもなり得ますから。たとえば、漫画家手塚治虫の名前の由来ともなったオサムシですが、この虫は後ろ翅《ばね》が退化して空を飛ぶことができないため、種分化を起こしやすく——」

「ああ、わかった。もういい、もういいよ。おまえが虫おたくだってことはよくわかったから」

苦笑混じりに、卓郎はひろしの話をさえぎった。放っておいたら、いつまでもしゃべり続けたに違いない。

「俺が知りたいのは、虫のことじゃなくて、おまえ自身に関してだ」

「すみません。人間の生態にはまったく興味がありませんので」

「ふざけるな」

ひろしの発言を一蹴し、卓郎は続けた。

「おまえ、塀を乗り越えて入ってきたといってたよな。冗談だろ?」

「僕は生まれてから今日まで、一度も冗談を口にしたことなどありませんが」

それもまた冗談なのかと思ったが、ひろしの表情はどこまでも真剣だ。

「高さ五メートルの塀だぞ。てっぺんには有刺鉄線が張ってある。簡単に乗り越えられるわけねえだろ？」

「そんなことはありません」

メガネの奥で何度もまばたきを繰り返しながら、ひろしは続けた。

「高い壁に阻《はば》まれているから中に侵入できないと考えるのは、あまりにも短絡的ではありませんか？　ほんの少し見方を変えれば、進むべき道は必ず見えてくるものです」

「はあ？　なにをいってるのか、俺にはさっぱりわからねえんだけど」

「この壁の向こう側には、ゴミの集積所があります。毎週、月曜日と木曜日になると、石塀の前にたくさんのゴミが積み上げられているのですが、ご存じでしたか？」

「知らねえよ、そんなこと。だからなんだっていうんだ？」

「集積所に立てかけられた看板はかなり古いものでした。おそらく昔から――この洋館に人が住んでいた頃から、集積所だったのでしょう。そこで、僕はある疑問を抱きました。当然、この洋館の住人もそこへゴミを捨てていたはずです。しかし、門扉から外へ出たのでは、集積所までかなりの距離を歩くことになります。毎週のことですから、これは相当に面倒な作業ですよね？　僕ならきっと、このあたりに裏口を作ったでしょう」

　石塀に近づき、ひろしは説明した。

「裏口？　そんなものはどこにもなかっただろ？」

「いいえ、ありました。裏口という言葉から思い描く固定概念に邪魔されて、卓郎君たちには見えていなかっただけです。ゴミを捨てることができればよいのですから、大きな入口など必要ありません。そう思って、ゴミ集積所周辺の塀を探ってみたところ――」

　ひろしは腰を屈め、地面近くの石塀を強く押した。ごとりと音がして、縦横五十センチほどの塊《かたまり》が塀から抜け落ちる。ぽっかりと空いた穴の向こうには、アスファルトの道路が見えていた。

「知り合いの大学生がこの近くに住んでいましてね。クワガタの幼虫を見つけたのだけれど、育てかたがわからないから僕のアドバイスがほしいといわれ、彼の自宅へ向かう途中だったのですが、この石塀の前で見慣れぬバッタを見つけまして。新種かもしれないと思い、捕まえようとしたら、塀の内側へと逃げられてしまいました。なんとしても捕まえたかったものですから、この穴を見つけて中に入ったと――まあ簡単に述べればそういうことでして」

そこまで理路整然と説明されては、もはやぐうの音《ね》も出ない。卓郎は黙り込んでしまった。

「新種のバッタ？　それ、あたしも見たわ。青いヤツでしょ？」

代わりに美香が口をはさむ。

「急に飛びついてきたと思ったら、手の甲を刺されて。あ、バッタは刺さないか。嚙まれたのかしら？」

「どのあたりで見かけたのでしょうか？」

ひろしが身を乗り出した。

「玄関の前だけど」

「ありがとうございます。早速、捜してみます」

そういって、ひろしがみんなの前から離れようとしたそのとき、すぐ近くでなにかが派手に割れる音が聞こえた。

「なんだ、一体？」

その場にいた全員が顔を見合わせ、眉をひそめる。

「洋館の中から聞こえてきたように思えましたが」

ひろしの言葉に、卓郎とたけしの顔色が変わった。

「まさか、亡霊？」

たけしが怯えた声を漏らす。

「ずいぶんと非科学的なことをいいますね。そんなものはこの世界に存在しませ
ん」

たけしとは対照的に、ひろしはどこまでも冷静だ。

「行ってみよう。おまえらもついてこい」

卓郎が走り出す。そのあとに、美香、たけし、ひろしが続いた。ひろしの興味は屋敷の中から響いた物音ではなく、玄関前にいるというバッタにあったのだろう。

この状況下で、自分ひとりだけ逃げ出すことはできない。

シュンはがっくり肩を落とすと、ひろしの背中をしぶしぶ追いかけることにした。

第4章

天邪鬼

―侵入者―

あまのじゃく【天の邪鬼】

(1) 人の言うことやすることにわざと逆らうひねくれ者。つむじまがり。あまのじゃこ。

(2) 昔話に悪者として登場する鬼。「瓜子姫」に出るものが有名。記紀神話の天探女に由来するともいわれる。

(3) 仏像で四天王や仁王が踏みつけている小さな鬼。また、毘沙門天が腹部に付けている鬼面。

(4) 鳥キタタキの別名。

1

みんなから少し遅れて、玄関口へと駆けつける。

玄関前の石畳で、卓郎たちは怪訝そうな表情を浮かべていた。アールデコ調の彫刻が施されたドアは大きく外側に開かれ、その先にはため息がこぼれるほどの大きなホールが広がっている。

ドアから吹き込んだ風にあおられたのか、天井から吊るされたシャンデリアが小さく揺れた。正面には外国映画でしか見かけたことのない、赤い絨毯《じゅうたん》の敷き詰められた階段がある。階段の横には西洋騎士の甲冑《かっちゅう》が飾られ、異様な存在感を放っていた。

と、こめかみに鋭い痛みが走る。シュンは思わず顔をしかめた。

……まただ。

不安が渦を巻く。

廃工場の前で杏奈としゃべっているときに感じた痛みと同じだ。一体、どうしたというのだろう?

「これはすごい」

ふさぎ込むシュンとは裏腹に、ひろしはメガネの奥の瞳をぎらぎらと輝かせていた。バッタのことはどうでもよくなったのか、屋敷内をせわしく見回す。

甲冑のすぐ脇には、卓郎たちの運んできた台車が置いてあった。段ボール箱も積まれたままとなっている。

「……なぜ、ドアが開いてるんだ？」

卓郎の喉仏が大きく上下した。

「さっきはどうやっても開けることができなかったのに、誰が開けた？　玄関前に置いたはずの台車が、どうしてあんなところまで移動してるんだ？」

声を荒らげ、その場にいた全員を見回す。

「オ、オレじゃないからね」

胸の前で両手を振り、真っ先に否定の弁を放ったのはたけしだった。

「だって、開けられるわけがないだろう？　鍵も持ってないし、それにずっと卓郎君と一緒に行動していたんだからさ」

「じゃあ、誰がやった？」

「あなたのお父さんじゃないの？」

卓郎の横を通り抜け、屋敷の中を覗き込みながら美香が答える。

「このお屋敷の鍵を持ってるのって、あなたのお父さんだけなんでしょ？　だったら、それしか考えられないじゃない。なにか用事があって、ここへ来たんじゃないの？」

あるいは門扉の鍵を勝手に持ち出した息子を叱ろうと、やって来たのかもしれない。

みんなが不安げな表情で話し合う中、ひろしだけは手のひらで壁を撫で、「これはエスタコウォールですね」とシュンにはよくわからないひとりごとを呟いている。

「親父じゃねえよ」

ぶすっとした面持ちで卓郎はいった。

「お父さんじゃないって……どうして、そんなことがわかるの？」

「親父なら、ここまで車に乗ってくるはずだ。だけど、エンジン音なんてどこからも聞こえなかっただろ？」

シュンは門扉を振り返った。扉はシュンが入ってきたときと同じように、子供がようやく一人身体を滑り込ませることができるほどの隙間しか空いていない。

卓郎の父親なら、地元タウン誌のインタビュー記事で顔を見かけたばかりなのでよく覚えている。でっぷりと太った大男だった。極端なダイエットに成功でもしない限り、あの門扉を通り抜けることは不可能だろう。

玄関のドアを開けたのは卓郎の父親じゃない。外部から誰かがやって来たとは考えにくかった。だとすれば、屋敷に忍び込むことのできる人物は一人しか残されていない。卓郎たちが現れる前に、機敏な動きでその場から逃げ去った杏奈だ。

「おーい。誰かいるのか？」

屋敷の奥に向かって、卓郎が呼びかける。だが、当然のことながら返事はなかった。

「ねえ。もう帰ろうよ」

怯えた表情を浮かべ、たけしが卓郎の上着の袖を引っ張った。

「この家、やっぱりなんかおかしいよ。さっき、オレが見た目ん玉も見間違いなんかじゃない。きっと、誰かいるんだ」

「馬鹿いうな。だったら、ここには靴の一足でもなきゃおかしくねえか？　あ、そうか。化け物だから靴なんて履かねえのか」

「誰も化け物だとはいってないよ。もしかしたら、泥棒かもしれないじゃん。泥棒ならドアだって簡単にピッキングできるだろうし、靴だって脱がないだろう？」

「二十年近く人が住んでねえボロ屋敷だぞ。誰が好きこのんで、こんなところへ泥棒に入ったりするものか。金目のものなんて、どこにも置いてねえ――」

彼の言葉をさえぎるように、建物の奥からまた、皿の割れるような音が響き渡った。

卓郎の顔がこわばる。怯えているようにも怒っているようにも見えた。

「誰だ？」

彼の怒声が壁にぶつかり、玄関ホール内に反響する。

「……やめてよ、もう」

たけしがその場に力なく座り込み、情けない声を漏らした。

「これって全部、卓郎君の仕業なんだろう？」

両腕を抱え、ぶるぶると震えている。顔をくしゃくしゃにして、今にも泣き出しそうな勢いだ。

「悪ふざけはもうやめようよ。あんまりふざけすぎると、また直樹のときみたいになっちゃうよ。卓郎君があいつを追いつめなければ――」

「やめろ、たけし。よけいなことはいうな」

卓郎の形相の変化を、シュンは見逃さなかった。睨まれているのは自分ではないのに、飢えた獣のような視線に、自然と身体が震え出す。まるで、自分が野うさぎにでもなってしまったかのような気分だ。抵抗すれば、鋭い牙に喉もとを食いちぎられ、あっという間に殺されてしまうかもしれない。

「あ……ゴメン」

たけしも同じように感じたのだろう。顔色を変え、そのまま黙り込んでしまった。

　重苦しい沈黙の中、再び物音が――先ほどよりも大きな音で反響した。

「誰だ？　俺んちへ勝手に入りやがって。捕まえてとっちめてやる！」

　卓郎はスリムパンツの後ろポケットからジャックナイフを取り出すと、土足のまま玄関ホールへ上がり込んだ。階段の脇を通り抜け、建物の奥へと進んでいく。

「待って、卓郎！」

　美香があとを追いかけた。

「お願いだから落ち着いて。ナイフなんてしまってよ。そんなもの、必要ないでしょ？」

　どうやら、卓郎が被害者になることを恐れているわけではないらしい。むしろ、その逆だ。彼が誰かを傷つけるのではないか――それを心配しているようだ。

　甲冑の前を左に曲がり、卓郎と美香は姿を消した。

「なかなか興味深い建物ですね。ここに住んでいた人は、ヨーロッパに特別な思いでも抱いていたのでしょうか？」

「は？　なにいってるんだ、おまえ？」

　場の空気がまるで読めていないひろしに、たけしは苛立ちを抑えきれなかったらしい。

「勉強しかできない脳みそ野郎は、少し黙ってろ」

悪態をついたが、しかし顔色は相変わらずすぐれないままだ。

「この建物、ピサ大聖堂に似ていると思いませんでしたか?」

一方のひろしはというと、たけしの言葉などまったく耳に入っていないのか、表情を変えずに淡々と話し続ける。

「ピザがどうしたって?」

「ピサ大聖堂。ロマネスク建築を代表する建物のひとつです。ガリレオ＝ガリレイが振り子の等時性を発見した場所と説明したほうがわかりやすかったでしょうか?」

たけしは首を傾《かし》げ、鼻の頭を掻いた。シュンにもほとんど理解できない。

「内壁にはエスタコウォールと呼ばれるヨーロッパ製の天然漆喰塗り素材が使われていますし、この洋館を建てた人はかなりのヨーロッパ通だったと思われます」

壁に顔を近づけながら、ひろしは饒舌にしゃべり続けた。

「母方の祖父がイタリア人なので、以前からヨーロッパの文化には興味を持っていました。この洋館には、まだいろいろと面白いものが飾ってありそうですね。僕も少し探検してみることにします」

なんらためらうことなく土足で上がり込むと、彼はそのまま階段手前の通路を右方向へ進み、突き当たりの部屋へと姿を消してしまった。

「なんだ、あいつ」

たけしが肩をすくめる。どこまでもマイペースなひろしに呆れているようだ。シュンは逆に、人の顔色をうかがって行動することのない彼に、羨望の気持ちを抱き始めていた。

「みんな、おかしいよ。こんな気味の悪い場所へ平然と入っていくなんてさ。オレは帰るからな。べつに怖いわけじゃないぞ。母ちゃんに店の手伝いを頼まれてるから仕方なくだ」

シュンが尋ねもしないのに、たけしは一人でぺらぺらとしゃべり、屋敷から出て行こうとした。

と突然、彼の退出を阻止するかのように、入口のドアが勢いよく閉まった。同時に、シャンデリアに明かりが灯る。

――ゲームスタート。

どこからかそんな声が聞こえたような気がして、あたりを見回したが、怯えた表情のたけし以外、誰の姿も見当たらない。

不吉な予感に、シュンは自分の胸もとを強くつかんでいた。

2

「な、な、なんだ?」

血相を変えたたけしが、階段の手すりにしがみつき、わなわなと震える。

「ど、ど、どうして、ドアが?」

「大丈夫。風に押されただけだよ」

シュンがそういって安心させようとしても、彼は震えながらかぶりを振るばかりだ。大きく見開かれた目は、恐怖のためか焦点が定まっていない。

「明かりまでついた。オレはなんにもしてないのに」

「たぶん、センサーがあって——」

そこでしゃべるのをやめ、耳を澄ませる。

金属のこすれ合う音がすぐ近くで聞こえた。たけしの背後に飾られた甲冑の頭部が、左右に小さく揺れ動いている。

シュンの目線を追ったのか、あるいは異様な気配を感じ取ったのか、たけしが後ろを振り返った。

それとほぼ同時に、甲冑の頭部が床に転げ落ちる。

頭部だけとはいえ、相当な重さのはずだ。床に落ちれば、あたりに派手な音が響くはずだが、シュンの耳にそれが届くことはなかった。鼓膜が破れそうになるほどの大きな悲鳴を、たけしがあげたからである。

「助けてえっ！」

泣きじゃくる赤ん坊のように顔をくしゃくしゃにしながら、たけしはものすごい勢いで階段を駆け上っていった。

「ちょっと……たけし君」

すぐに呼び止めたが、弱々しいシュンの声が、けたたましい悲鳴をあげ続けるたけしに届くはずもない。

一体、どこまで逃げていったのか、彼の叫び声は次第に小さくなり、ついには聞こえなくなってしまった。

玄関ホールに静寂が訪れる。

シュンはあたりを見回し、生唾を呑み込んだ。床に転がった甲冑の頭が生首に見え、背中に悪寒が走る。先ほどまではなにも感じなかったが、一人きりになった途端、身体の奥からむくむくと恐怖心が湧き起こった。

帰ろう。

そう決めて甲冑に背を向けたそのとき、

「シュン君」

不意に後ろから声が聞こえた。

恐怖に顔をひきつらせながら振り返る。

甲冑の陰から現れたのは杏奈だった。

「お、脅かさないでよ」

早鐘を打ち鳴らす胸に手を当て、安堵の息を吐き出す。

「いつから、そこに隠れていたの？」

そう尋ねながら、シュンは玄関口の前を離れた。土足で他人の家へ上がることにためらいを感じなくもなかったが、一人だけ靴を脱ぐのも変な話だ。床を汚さぬよう爪先立ちになりながら、杏奈に近づく。

「僕と別れてから、ずっとここにいたわけ？」

「うん。卓郎君たちがなにを運んできたのか、段ボール箱の中身を調べようと思って玄関まで来たら、なぜかドアが開いてて……。みんなが戻ってくる気配がしたから、慌ててこのお屋敷の中へ飛び込んで、甲冑の陰に隠れたの。うっかり頭を落としちゃったときには焦ったけれど」

「その前の物音も委員長の仕業？」

「あれは私じゃないよ。このお屋敷、私たち以外にも誰かがいるんじゃないのかな？」

　杏奈はシャンデリアを見上げて答えた。

「誰かってなに？　幽霊？」

　シュンの質問に、戸惑いながら頷く。

「もしかして……なにか見えてるの？」

「今のところはとくになにも。だけど、幽霊を見かけたときは必ず、全身の血が凍りつくみたいにぞくぞくするの。今日はジェイルハウスの石塀が見えたときから、もうすでにその感覚があった。いつもはそんなことないのに……。ここに、なにか得体の知れないものがひそんでいることは間違いないと思う」

　杏奈は早口でそう告げると、シュンの腕をつかんで玄関口に立った。

「……え？　なに？」

「ここは興味本位で入ったらいけないところだったみたい。早く出なくちゃ」

　ドアノブに手をかけたところで、彼女は顔色を変えた。ノブを回すが、ドアは開かない。

「嘘……どうして？」

　杏奈の口から悲痛な声が漏れる。彼女に代わって、今度はシュンがノブをつかんだが、結果は同じだった。ノブの周りを確認したが、解錠するためのつまみは見当たらない。ただ鍵穴が空いているだけだ。

「……どういうこと？」

杏奈がすがるような視線をこちらに向ける。だが、シュンにだってわかるはずがない。

たぶん、閉まると自動的にロックされる仕組みになっているのだろうが、内側から解錠する際にもキーが必要なドアなんて、聞いたことがなかった。それこそ留置所か監禁部屋か、誰かを閉じ込めようと思わない限り、そんなドアを作る意味はないだろう。

……まさか。

シュンは目を見開き、あたりを見回した。

窓には分厚い木の板が打ち込まれている。たとえはがすことができたとしても、その先は鉄格子でさえぎられていた。

もしかして、これは……。

いや、馬鹿なことは考えるな。そんなこと、絶対にあり得ない。

「ねえ、シュン君」

杏奈は唇を震わせ、シュンが必死に否定しようとしていたひとつの可能性を口にした。

「……もしかして私たち、ここに閉じ込められちゃったんじゃないの？」

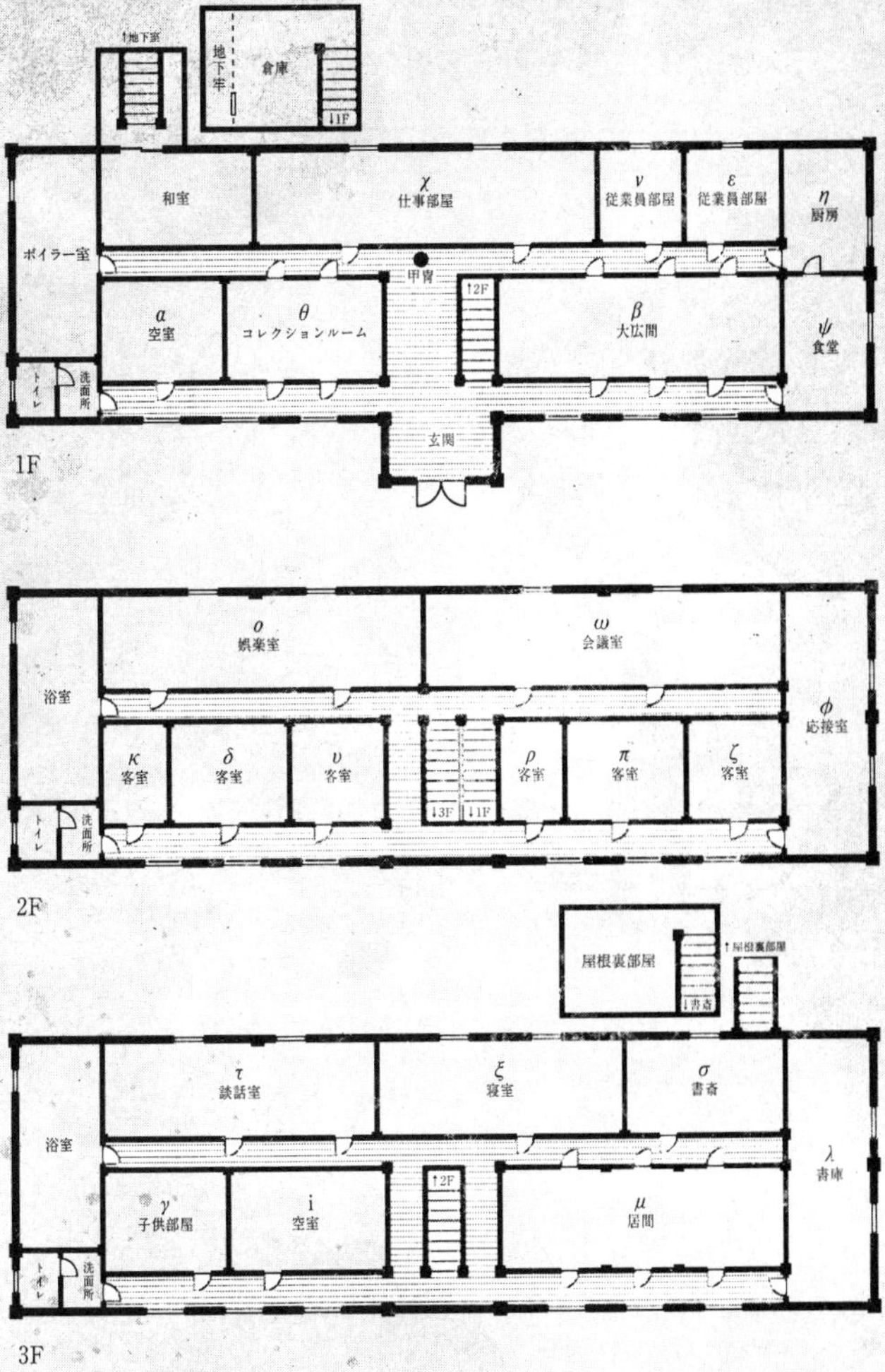

↑地下室
地下牢
倉庫
↓1F
和室
χ
仕事部屋
ν
従業員部屋
ε
従業員部屋
η
厨房
ボイラー室
甲冑
↑2F
α
空室
θ
コレクションルーム
β
大広間
ψ
食堂
トイレ
洗面所
玄関
1F
ο
娯楽室
ω
会議室
浴室
φ
応接室
κ
客室
δ
客室
υ
客室
↓3F
↓1F
ρ
客室
π
客室
ζ
客室
トイレ
洗面所
2F
屋根裏部屋
↓書斎
↑屋根裏部屋
τ
談話室
ξ
寝室
σ
書斎
浴室
λ
書庫
↑2F
γ
子供部屋
i
空室
μ
居間
トイレ
洗面所
3F

＜館内図＞

第5章

鬼哭啾啾

―青い影―

きこく‐しゅうしゅう【鬼哭啾啾】
霊魂がしくしくと泣くさま。
鬼気迫って恐ろしい気配の漂うさま。

1

屋敷の中はしんと静まり返っていた。

耳に手を当て、鼓膜に意識を集中させたが、聞こえてくるのは隣にいる杏奈の不安げな息づかいだけ。一緒にここへやって来たクラスメイトたちの動向はまったくわからない。

シャンデリアの作り出す影が、右へ左へと不気味に揺れ動く。ドアが閉まったあとも、シャンデリアは振り子運動を止めなかった。なぜだろう？　この世のものではないなにかが、シュンたちを驚かせようと揺すっているように思えてならない。

みんなが散り散りになってから、すでに十分以上が経過していた。だが、まだ誰一人として、ここへ戻ってくる様子はない。

「誰か見つけて、このことを報《しら》せたほうがいいと思う」

階段の手すりにもたれかかりながら、杏奈がいった。

「力を合わせれば、ドアを破ることだってできるかもしれないし」

「うん……そうだね」

屋敷の中に閉じ込められた六人のうち、一番力があるのは卓郎だろう。だが、顔を合わせるのは本意ではなかった。それは杏奈も同じに違いない。

視線を動かす。廊下に設置されたペンダント照明にもいつの間にか明かりが灯っており、先のほうまで見通すことができた。

長い廊下の突き当たり――ひろしの入っていった東の端のドアを見やる。このようなとき、もっとも頼りになるのは彼だろう。ひろしなら、ここから脱出するためのアイデアだって、簡単に思いついてくれるかもしれない。

「ちょっと待ってて」

杏奈をその場に残し、シュンは廊下を進んだ。

ここには二十年近く誰も住んでいないという話だったが、床が軋むようなことはなかった。それどころか埃さえ落ちていない。土足で上がったことを申し訳なく感じるほどだ。

ひろしが入った突き当たりのドアには、曇りガラスがはめ込まれていた。室内はオレンジ色の照明で照らされている。はっきりとは確認できないが、テーブルらしきものが置いてあるのがわかった。

ノブをつかみ、右にひねる。が、玄関のドアと同様、なぜか開けることはできなかった。乱暴にノブを回し、ドアを押したり引いたりしたが結果は変わらない。

なぜ？　いつの間にロックされたんだ？

ひろしがこの部屋へ入ったことは疑いようのない事実だ。ドアがロックされたのはそのあとだろう。ひろしが内側から施錠したとは考えにくい。まさか玄関ドアのロックに同調して、すべての部屋のドアが開かなくなる仕組みになっているのだろうか?

「ひろし君。いるんでしょ?　ここを開けてよ」

ドアを叩いたが、返事はなかった。この中に彼がいることは明らかである。それなのにどうして?　激しい胸騒ぎを覚え、シュンの息づかいは自然と荒くなった。

「どうしたの?」

彼の動揺を悟ったのか、杏奈が駆け寄ってくる。

「ドアが開かない。それに、呼んでも返事がないんだ。絶対、この中にいるはずなのに」

「え?　どうして……」

彼女の顔がこわばるのとほぼ同時に、部屋の奥から別のドアの閉まる音が聞こえた。続いて、曇りガラスの向こう側で人影が揺れる。

「あ。きっと、ひろし君だよ。よかった。たぶん、別の部屋を探検していたんだね。ひろし君、ここを開けてもらえる?」

ドアをノックしようとした彼女を、シュンは慌てて押しとどめた。

「なに?」

杏奈が驚いた顔を向ける。

「よく見て。なにかおかしい」

彼女の手首を握ったまま、シュンはあごでドアの向こう側を指し示した。

人影がゆっくりとこちらに近づいてくる。曇りガラス越しなので、はっきりとはわからなかったが、広い肩幅に太い腕――それがひろしだとは到底思えなかった。

シュンたちはドアの前を離れると、壁に背中を押しつけ息をひそめた。

人影が曇りガラスの前を横切っていく。その異様な光景に、シュンは自分の目を疑った。

……なんだ、これは？

こめかみに、またもや激痛が走る。

顔をしかめ、もう一度ドアを見やったが、それはすでに視界から姿を消したあとだった。

再び室内からドアの開閉音が聞こえ、あたりは何度目かの静寂に包まれた。

シュンは息を吐き出すと、壁にもたれかかったまま、力なくその場に座り込んだ。杏奈もその横に腰を下ろす。

「今のは……なに？」

ドアのほうを凝視したまま、彼女はかすれた声を出した。

「……委員長も見たよね？」

シュンの問いかけに、小さく頷く。ならば、幻覚ではない。

プロレスラーを彷彿《ほうふつ》とさせる巨大な身体は、なぜか青く染まっていた。前屈みで歩いていたはずなのに、見えたのは胸もとまで。あくまで推測だが、身長は二メートル以上あったに違いない。だらりと垂れ下がった両腕は、異常なほどにふくれあがっており、普通の人間には見えなかった。

「もしかして、あれがこの屋敷に棲みついている幽霊なのかな？　私が普段目にする幽霊とは、ずいぶんとシルエットが違っていたけど」

「幽霊だとは思えないよ」

呼吸を整えながら、シュンは答えた。頭痛はすぐに治まったが、心臓はいつまでも早鐘を打ち鳴らしたままだ。

「この屋敷、二十年近く誰も住んでいないはずなのに、電気は通じているし、それに掃除だって行き届いてる。幽霊が明かりをつけたり、ドアを開け閉めしたりする？　幽霊じゃないよ。誰かがここで生活しているんだ」

そこまでしゃべり、自分がひどく饒舌《じょうぜつ》になっていることに気がついた。いつもなら、ひとことしゃべるだけでも緊張して身体が震え出すというのに。きっと、異常な状況に気が動転し、少しおかしくなっているのだろう、と無理やり自分を納得させる。

「幽霊だって、ドアも開ければ掃除だってするかもしれないよ。幽霊の生態なんて、誰にもわからないんだから」

杏奈はなにもない空間を見つめ、

「私は……直樹君だったんじゃないかと思ってる」

ぼそりと答えた。

「それって、僕が転校してくる前に事故で死んだっていう大橋直樹君のこと？」

「そう。あれはたぶん、直樹君の幽霊」

「どうして、そう思うの？」

「なんでだろう？　なんとなく……かな。あのドアの向こうに青い人影を見かけたとき、真っ先に直樹君の姿が思い浮かんだの」

「その子って、身体が大きかったんだ」

「ううん。その逆。背も低くて痩《や》せてて……おまけに優しい性格で、なにをいわれてもイヤといえない子だったから、休み時間になるといつも卓郎君に呼び出されていじめられてた」

まるで、自分のことをいわれているように思え、シュンの心臓はきゅんと縮みあがった。

「先生も、クラスのみんなも、全然気づいてなかったみたいだけど」

「委員長は気づいてたわけ？」

「うん。偶然、見かけちゃったんだ」

杏奈は悔しそうに下唇を噛んだ。

「だから私、先生に匿名の手紙を出したの。直樹君が卓郎君にいじめられてますって。先生は二人を呼び出して話を聞いたらしいんだけど、そんなことをしたって二人とも本当のことを口にするわけないよね？　結局、なんにも変わらなかった。……私も、それ以上はなにもできなかったんだ」

深いため息が二人の足もとにこぼれ落ちる。

「私だって、クラスからはみ出すのは怖いもの。私は直樹君がいじめられているのを知りながら、自分に被害が及ぶのを恐れて見て見ぬふりをした。だから……バチが当たったんだと思う。それが十二月の事故」

うつむいた杏奈を見て、シュンはようやくある事実に気がついた。杏奈と彼女の両親がトラック事故に巻き込まれたのは昨年十二月のこと。大橋直樹がトラックに轢《ひ》かれて死んだのも同じ時期だ。こんな田舎《いなか》町で、同じような事故が二件立て続けに起こることは考えにくい。

「トラックがスリップしたのはね、道端から突然、直樹君が飛び出してきたからなの」

「……そうだったんだ」

どんな慰めの言葉も、ただ上滑りするだけのような気がして、シュンはそれ以上の言葉を紡《つむ》ぐことができなかった。

ぎくしゃくとした空気が二人の間に流れる。

今にも泣き出しそうな杏奈の横顔を見続けることがつらくなり、シュンは必死で次の言葉を探した。

「だけどさ……さっき見た大男が、どうして直樹君の幽霊だと思うの？　彼とは似ても似つかないんだろう？」

「直樹君のお葬式に行った友達が、耳にしたらしいんだけど、彼、痩せた自分の身体を気にして、毎日筋トレに励んでたんだって。私たちが見たあれは……生前に直樹君が憧れていた姿なんじゃないのかな？」

シュンは表情を曇らせた。たったそれだけのことで、あのゴリラのようなシルエットの人物を、死んだクラスメイトと決めつけるのは無理があるのではないか？

そんな彼の思いを瞬時に感じ取ったのだろう。杏奈はさらに続けた。

「あれが直樹君だと思った根拠は、ほかにもまだあるの。私……事故に遭《あ》ったとき、車の中から見ちゃったんだ」

そこまでしゃべると、彼女は苦しそうに横顔を歪めた。

「見たって……なにを？」

「道路に横たわる直樹君」

そのときの光景を思い出したのか、頭を左右に振り、苦しそうにあえぐ。

「横転したトラックの荷台から漏れ出た液体で、直樹君の身体は真っ青に染まってた。……友達の話だと、お葬式のときも青い身体のままだったって。特殊な液体で、完全には洗い落とせなかったらしいの」

「………」

「直樹君……きっと復讐を考えているんだと思う」

「復讐って、どうして？」

「直樹君がいじめられていることを知っていたにも拘わらず、なんにもしなかったから」

「そんなの……仕方ないことだろう？　先生には相談したんだから、それで充分じゃないか」

「だけど、そのことが原因でさらに卓郎君のいじめはエスカレートしたのかもしれない」

「だからって、委員長を恨むのは筋違いだろう？」

「そうかもしれないけど……でも、見て見ぬふりをするのって、やっぱり卑怯なことなんじゃない？」

杏奈は大きく息を吸い込むと、

「私、ずっと黙っていたことがあるんだ」

覚悟を決めたのか、シュンを真正面から見据えた。

「あれは事故じゃなかった」

震える声でそう口にする。

「どういうこと？」

「あの日……事故に遭う前から私、ブロック塀の陰にたたずむ直樹君に気がついていたんだ。直樹君はトラックがやって来るのを待ちかまえて、道路に飛び出した……少なくとも私にはそう見えたの」

「事故じゃなく自殺だったってこと？」

エスカレートしたいじめを苦に、自ら命を絶つことを選んだというのか？

錐《きり》で心臓を突かれたみたいに、胸のあたりに鋭い痛みが走った。

とても他人事とは思えない。いずれ、僕もそこまで追い詰められることになるのだろう——シュンはそう確信していた。

「違う。そうじゃないの」

しかし、杏奈は彼の言葉を否定した。

「あれは事故でも自殺でもなかったんだってば」

「え？　どういうこと？」

「殺人なの」

彼女の唇が小さく動く。

「………」

シュンは絶句した。なにかいわねばと口を開くが、まったく言葉が見つからない。

「私、見たんだ。事故直後、慌てて逃げていく卓郎君の姿を……」

「どういうこと？」

先ほどから同じ台詞ばかりを繰り返す自分に、シュンは呆れ返るしかなかった。そんな質問は無意味だ。本当は、直樹の後釜《あとがま》に選ばれた自分が一番よくわかっていることではないか。

2

左の足首に鈍い痛みが走った。

ここから飛び降りてみろよ。

真夜中の学校。窓の外を指差し、薄ら笑いを浮かべた卓郎の姿を思い出す。

恐ろしいという感情はなかった。ここで卓郎に逆らったとしても、いつものように腹を殴られ、唾をひっかけられるだけのこと。三階から飛び降りるよりは、ずっと軽症ですむだろう。

死ぬ気になれば、なんだってできる。勇気を出して立ち向かっていけよ。

なにもわかっていない幸せな人たちは、たぶんそんな言葉を口にして励まそうとするに違いない。

だが、そういうことではないのだ。

虫けらのように扱われることによって、徐々に壊れてゆく自尊心。馬鹿、間抜けといわれ続けるうちに、シュンはいつしかそれを真実だと思い込むようになった。いや、真実なのだ。だって、そうだろう。理科の実験と称し、平然とした顔でシュンの肉体を弄《もてあそ》ぶ卓郎を見ていれば、自分が人間であるという自信など瞬《またた》く間に消滅してしまうではないか。

僕は虫けらだ。

結果、人間らしい感情は消え失せ、「死んでしまいたい」という強い思いだけが最後に残されることとなる。

——ここから飛び降りてみろよ。

あのとき、シュンは卓郎の言葉にほっとした。感謝したといってもいい。これで楽になれる。なにもかも終わりにできる。だから、素直に従った——ただそれだけのことだ。

たぶん、直樹も同じだったのだろう。


「誰も疑わなかったの？」

シュンは尋ねた。

「直樹君がいじめられていたことは、クラスのみんなも先生も気づいていなかったんだろう？　委員長の話だと、ものすごくおとなしい生徒だったみたいだし……急に道路に飛び出すなんておかしいじゃないか」

「クラスのみんなはね、ジェイルハウスの呪いだと思ってるみたい」

「……呪い？」

「彼、トラックに撥ねられる直前まで、ここにいたらしいの。ジェイルハウスで亡霊と出遭ったショックで気が動転し、だから道路に飛び出しちゃったんじゃないかって」

ジェイルハウスと事故現場は数百メートルほどしか離れていない。そういうことがあってもおかしくはないだろう。

「だけど、どこからそんな噂が？」

「ジェイルハウスの石塀を乗り越えて飛び出してくる直樹君の姿を、クラスメイトの一人がたまたま目撃していたんだって」

「それって誰？」

「たけし君」

なるほど、そういうことか。

バラバラに散らばっていた点がひとつひとつ結びついて、ひとつの大きな図形を作っていく。

「卓郎君に頼まれて、実際には見ていない場面を、この目で見たといいふらしたんだろうね。誰かが直樹君の死に疑いを持ったりしないように」

そもそも、人一倍怖がりなたけしがジェイルハウスのそばをうろついていたこと自体、おかしな話ではないか。

「……シュン君は大丈夫？」

不意に、杏奈がいった。

「最近、卓郎君にいじめられているんでしょ？」

シュンは心の動揺を必死に隠し、無理やりな笑顔を作った。杏奈が心配そうに、こちらを見つめてくる。

やめてくれよ。

思わず、そう叫びそうになった。彼女は本気で、シュンのことを心配してくれているのだろう。だが、己のふがいなさを思い知らされるようで、逆にいたたまれなくなる。

「勘違いしないで」

シュンは笑いながら答えた。

「僕は直樹君とは違うよ。僕たちはただ……ふざけ合ってるだけだから」

いじめっ子が必ず発する台詞を、シュンもやはり口にしていた。卓郎の報復を恐れたわけではない。ただただ、情けない自分をひた隠しにしたかった。

「嘘はやめて。あのね、私見ちゃったの。先週の日曜日、私も同じ教室にいたから」

「……え?」

「私、シュン君たちがやって来る前からあそこにいたんだよ。足音が聞こえたから、慌てて教卓の下に隠れたんだけど……全然、気づかなかったでしょ?」

ということは、卓郎との会話もすべて聞かれていたのだろうか? あまりの恥ずかしさに、このまま溶けて消えてしまいたくなる。

「委員長はあんな夜中に、一体なにをしていたの？」

「シュン君と同じ」

　彼女は困ったように眉根を寄せた。

「私、パパとママが死んでからは、叔父さんのところで面倒をみてもらってるんだけど……二人が必要以上に気をつかってくれることが逆に息苦しくてね。それが原因だとはいわないけど、この前の試験、いつもより悪くて先生に怒られちゃったんだ。このままだと志望校に入れないぞって。私立へ行くことになったらお金がかかるし、叔父さんたちには迷惑をかけられないから頑張らなくちゃと思うんだけど、どうしても勉強に集中できなくて。焦れば焦るほど、なにもかもうまくいかなくなっちゃって……」

　杏奈はなにかにとり憑《つ》かれたように、早口でしゃべり続けた。

「そんなときにね、たまたま、叔父さんと叔母さんが喧嘩している声を聞いちゃったんだ。喧嘩の原因はお金のことだった。叔父さんの仕事、あまりうまくいってないみたいで……その上、私みたいな厄介者を背負い込んじゃったんだもん。そりゃあ、喧嘩になるよね」

「…………」

「たくさん勉強して、いい高校に入って……今まではそれが当たり前だと思ってたけど、そこまで叔父さん、叔母さんに迷惑かけられないでしょ？　だからといって、どうすればいいかもわからなくて。私、みんなに迷惑をかけてばかり。そんなことを考えてたら、急になにもかもがイヤになっちゃった。どうして、パパやママと一緒に死ななかったんだろう？　このまま、この世界から消えちゃったほうがみんなのためになるのにって」

杏奈は吐息を漏らすと、

「あのとき、本当は死のうと思ってたんだけどね、シュン君に邪魔をされて、盛り上がってた気持ちが一気に冷めちゃったの」

おどけたような口調でいった。

「もしかして、救急車を呼んだのは委員長？」

「うん。目の前であんなことが起こったのに、放っておけるわけないでしょ」

「じゃあ、僕も邪魔されちゃったわけだ」

「そういうことになるのかな？」

顔を上げた杏奈と視線が交錯する。シュンはおかしくもないのに笑った。杏奈も笑顔を返す。たぶん、彼女の心の内もシュンとたいして変わらなかったはずだ。

「私たち、似た者同士だね」

唐突に杏奈がいった。その言葉に、わずかながら癒されていく。勉強もスポーツも器用にこなし、みんなから好かれていて、先生の信頼も厚く……どこから見ても完璧だと思っていた委員長もまた、シュンと同様の空虚感を心に抱いていたのだ。

「こんなところで油を売ってても仕方ないよね」

ぎこちない笑顔を貼りつけたまま、杏奈は立ち上がった。

「もし、あれが直樹君であるなら、きちんと顔を合わせて謝らなくっちゃ」

そう口にして歩き出したそのとき、階段のほうから絹を裂くような悲鳴が響き渡った。

第6章

鬼鼠

—飢えた鼠—

おにねずみ【鬼鼠】
ネズミ科の動物。

1

杏奈と顔を見合わせる。

悲鳴の主はすぐにたけしだとわかった。あれほどみっともない叫び声は、彼以外の誰もあげることなんてできない。

一体、なにがあったのだろう?

この屋敷に直樹の亡霊がうろついている、という杏奈の話を聞いたばかりで、多少恐ろしくはあったが、だからといってたけしを放っておくわけにもいかない。シュンは玄関ホールまで戻ると、スピードを落とさずに階段を駆け上った。

当然、杏奈もついてくるものだと思ったが、途中で足音が聞こえなくなる。振り返ると、彼女は玄関ホールに立ち止まったまま、こちらを見上げていた。

「……委員長?」

「先に行っててもらえる? すぐに追いかけるから」

「あ……うん」

どうしたの? と尋ねることはできなかった。彼女から伝わるぴりぴりとした緊張感に、思わず気後れしてしまったのだ。

再び、たけしの叫び声が届き、続いて廊下を慌ただしく駆け回る足音が聞こえた。彼の身になにかが起こったことは、もはや疑いようがない。

「じゃあ、上で待ってるから」

シュンはそう告げると、杏奈を残して二階へと急いだ。

二階の造りは、一階とほとんど変わりなかった。長い廊下が東西に二本延び、南側の壁には等間隔で窓が並んでいる。一階同様、板が打ちつけてあるため、外を眺めることはできそうにない。左右を見回したが、廊下にたけしの姿は見当たらなかった。

「たけし君？」

ついさっきまで、あんなにも騒々しかったというのに、今は名前を呼んでもまったく返事がない。

どこへ行ったのだろう？

周囲を見回す。赤い絨毯の敷かれた階段は三階へと延びているが、彼の悲鳴はわりと近い場所から聞こえたような気がする。このフロアにいると考えて間違いないだろう。

窓の向かい側に並んだドアは、どれも固く閉ざされていた。一階で目にしたドアと違い、全面に硬い木が使われているため、中の様子まではよくわからない。ドアの上部には白いパネルが貼りつけてあり、それぞれにアルファベットのＰやＵに似た記号が深く刻み込まれている。

……あれ？

記憶の引き出しが、かたかたと音を立てて揺れ動いた。いつかどこかで見た光景。しかし、なにも思い出すことができない。こめかみのあたりが鼓動に合わせてずきりと痛み、シュンは思いきり眉をひそめた。

軽く頭を振り、〈ρ〉と記されたドアのノブをつかむ。が、この部屋も施錠されているらしく、ドアを開けることはできなかった。

ノックもしたが、反応はゼロ。こうなったらひと部屋ずつ確認していくしかないだろう。

手のひらにかいた汗をズボンにこすりつけながら、隣へと移動する。ドア上部のパネルには、下駄を横から描いたような、奇妙な図形が記されていた。

ノブに手をかける。先ほどと違い、あっけないほど簡単にドアは開いた。

おそるおそる中を覗き込む。室内はオレンジ色の光で照らされていた。十畳ほどの空間に、クローゼットと机、そしてベッドが置かれている。生活感はまったく漂っておらず、モデルルームか、あるいはホテルの一室のように見えた。長年使われていないはずなのに、室内にはやはり塵《ちり》ひとつ落ちていない。

「……たけし君、いるの？」

呼びかけてみたが返事はなかった。きょろきょろとあたりに目を配りながら、部屋の中へと足を踏み入れる。ドアのすぐそばには、片方だけスニーカーが転がっていた。

しゃがみ込み、拾い上げる。その靴には見覚えがあった。白地に緑のストライプ。普段からたけしが履いているものだ。

なぜ、こんなところに？

先ほど一階で見かけた巨大な人影を思い出し、急に恐ろしくなった。

もしかして、あいつに襲われたのか？

スニーカーを手にしたまま、慌てて部屋を飛び出す。と同時に、階段を上がってくる足音が聞こえた。突然のことに驚き、手からスニーカーがこぼれ落ちる。

「……本当に大丈夫なの？」

階段のほうから聞こえてきたのは美香の声だった。

「さっきの悲鳴を聞いたでしょ。あいつ、お化けに襲われたんじゃ」

人一倍気が強く、先生や上級生にも平然と食ってかかる美香が、今はひどく怯えている。

「馬鹿馬鹿しい。非科学的なことをいわないでください。お化けや幽霊などこの世に存在するはずがありません」

彼女とは対照的に、普段と変わらぬ落ち着き払った口調でそう答えたのはひろしだった。無事だとわかって胸を撫で下ろす。

「だけど、玄関口で変な物音を聞いたじゃない」

「食堂に割れた食器が散乱していました。おそらく、戸棚から落ちたのでしょう。それだけのことです」

「誰もいないのに、どうして食器が落ちるわけ？」

「原因ならいくらでも考えられると思いますよ。地盤の緩み、戸棚の老化、あるいは玄関のドアを開けたことで、屋敷内の気圧が急激に変化し、棚がわずかに揺れた可能性も否定できません」

「だったら、たけしはなにに驚いて、あんなみっともない悲鳴をあげたのよ？」

「わざわざ頭を悩ませる問題ではありませんね。本人に訊けば解決することですから」

階段を上りきったひろしが、シュンのいる方向へ視線を向けた。美香はひろしの後ろに隠れ、おどおどと周囲の様子を探っている。なぜか、卓郎の姿は見当たらなかった。

「ひろし君。ここにたけし君の靴が」

うっかり床に落としてしまったスニーカーを指差し、シュンはいった。

「なるほど。どうやら、たけし君はその部屋にいる可能性が高そうですね」

ひろしはなんら恐れる素振りを見せず、部屋の前までやって来ると、スニーカーを拾い上げ、室内の様子とスニーカーを交互に見ながら「ふむ」と小さくうなった。

「中には誰もいないようだけど――」

「あそこですね」

シュンの言葉をさえぎり、ひろしは部屋の隅にあった備えつけのクローゼットを指差した。

「え……どうしてわかるの？」

「なんで、そんなことがわかるのよ？」

シュンと美香が同時に尋ねると、彼はメガネのフレームを押し上げ、

「簡単なことです」

口の端を曲げた。

「このスニーカー、ずいぶんと履き込んでいるらしく、インソールがぼろぼろです」

汗くさいにおいに耐えながら、ひろしが手にしたスニーカーを覗き込む。彼のいったとおり、インソールはところどころが破れ、メーカーロゴさえ読み取れなくな

っていた。

「そのインソールの欠片《かけら》が、クローゼットの手前に落ちています」

クローゼットに向けて歩を進めながら、ひろしは答えた。シュンと美香もそのあとに続く。

「よほど慌てていたのか、この部屋へ逃げ込むときに靴が脱げてしまい、さらにクローゼットへ隠れる際、靴下に付着したインソールの欠片がはがれ落ちたのでしょうね」

クローゼットの取っ手部分には、十字架のペンダントが結びつけてあった。磔《はりつけ》にされたキリストが、うつろなまなざしでこちらを見上げている。

「たけし君、ここを開けてもよろしいでしょうか?」

ひろしがクローゼットの扉をノックした。だが、返事はない。

「たけし、いるなら出てきなさいってば」

十字架を引っ張り、扉を強引に開けたのは美香だった。

ガタガタガタガタガタガタガタガタガタガタガタガタガタガタ

ひろしの推理どおり、クローゼットの中にはたけしが隠れていた。胎児のように丸まって、がたがたと震えている。

「あんた、なにやってるの？　こんなところで」

美香が侮蔑まじりの視線を送る。それでも、たけしは顔を上げようとしない。膝の間に顔を埋めたまま、いつまでも震え続けている。

「ちょっと……なんとかいいなさいってば」

美香は彼の襟首をつかみ、クローゼットから無理やり引きずり出そうとした。が、たけしは頑としてその場を動こうとしない。

「ゴメン、直樹。許して……許してよ」

うずくまったまま、たけしが弱々しい声を漏らす。

「オレはやめたほうがいいっていったんだ。だけど……だけど卓郎君が……」

「あんた、いいの？」

美香は膝を折ると、彼の耳もとに顔を近づけた。

「それ以上しゃべったら、卓郎に殺されちゃうかもしれないわよ」

彼にだけ耳打ちしたつもりだったのだろうが、その声はシュンにもはっきりと届いた。

「たけし君。なにがあったのか教えてもらえませんか？」

ひろしが尋ねると、たけしはようやく頭を上げ、

「出た……出たんだ……」

涙で顔をくしゃくしゃにしながら、かすれた声で答えた。

「出た？　なにが？」

「青……青い……」

彼の言葉に、シュンは目を見開いた。もしや、たけしもあの大男を目撃したのだろうか？

「ねえ、たけし君。それって――」

「いやっ！　なにあれ？」

シュンの言葉をかき消すように、美香が大声をあげた。彼女の視線を追うと、握り拳ほどの大きさの小動物が、部屋を横切ってドアから出ていくところだった。

尖った尻尾は鼠に似ていたが、全身が青い毛に覆われている。そんな鼠を、シュンはこれまで一度も見たことがなかった。

「なかなかに興味深い生き物ですね」

ひろしはそう口にするや否や、鼠もどきの動物を追いかけ、部屋から飛び出していった。

「ちょっと。もしかしてあんた、鼠に驚いて、あんな悲鳴をあげたわけ？」

美香が呆れ返った声を出す。

ガタ
ガタ
ガタ

「臆病者ってことは知ってたけど、まさかここまでだったとはね。あんたの悲鳴で三年分くらい寿命が縮んだじゃない。馬鹿馬鹿しい。一生、そこで震えていればっ？」

そう吐き捨てると、彼女はクローゼットを勢いよく閉め、部屋から出て行こうとした。

やめてくれよと泣き叫びながら、情けない顔のたけしがすぐに飛び出してくるかと思ったが、扉はそのままぴくりとも動かない。

本当に、鼠に怯えただけなのだろうか？

シュンは首を傾げた。

確かにたけしは臆病だと思うが、それでもあの怖がりかたは少々異常だ。やはり、鼠ではなく大男を見たのでは――。

足もとに風圧を感じた。視線を下へ移動させると、先ほど見た鼠もどきが、足もとを駆け抜けていく。

見慣れぬ生き物はテーブルによじ登り、そこからベッドへ飛び移ると、こちらを振り返った。

「なに……あれ？」

その異様な姿に、自分の目を疑う。

青い毛に覆われた鼠もどきの頭部は異常なほどにふくれあがり、漫画に出てくる三頭身キャラクターのようだった。

漫画なら可愛らしいのだろうが、実際に目にするそれは、不気味な怪物にしか見えない。

大きな顔には、やはり漫画のキャラクターとしか思えない、異常に大きな目玉がふたつ張りついていた。あまりに巨大すぎて、今にもこぼれ落ちそうだ。

得体の知れない動物は後ろ脚でベッドの上に立つと、前歯をむき出しにして、猿に似たうなり声をあげた。

威嚇？　いや、違う。その鼠もどきの生き物には、どこか余裕の表情が見えた。そう。まるで、シュンたちを挑発するかのような――。

2

顔の半分ほどの面積を占める目玉が、じっとこちらを睨みつけてくる。

あまりの衝撃に神経がどうにかなってしまったのか、クローゼットの前に立ち尽くしたまま、シュンは身体を動かすことができずにいた。

それは部屋を出て行こうとドアに近づいた美香も同様だったらしい。ベッドの上

を見つめたまま、身動きひとつすることなく、

「嘘……嘘でしょ？　嘘でしょ？　ねえ、嘘でしょ？」

何度も同じ台詞を繰り返している。

想像を絶する事態に、脳がフリーズを起こしてしまったのか、あるいは妖力に囚《とら》われてしまったのか、鼠に似た化け物から視線をそらすことができない。

むき出しになった鼠の歯茎から、大量のよだれがこぼれ落ちる。このまま、あいつに食べられてしまうのではないかと恐れおののいたところで、

「ちょこまかと動くので、残念ながら見失ってしまいました」

鼠のあとを追いかけて部屋から出ていったひろしが、息せき切りながら戻ってきた。

「ひろし君……あそこ」

彼の登場にわずかながら平静を取り戻すことができたのか、シュンの口からようやく言葉がこぼれる。

ベッドに視線を向け、ひろしは眉をひそめた。

「これは……」

重苦しい声が響く。シュンや美香と同じように、肝をつぶしたのかと思いきや、

「すばらしい」

なぜか目を輝かせている。

「おそらく、突然変異で生まれたマウスでしょう。外で見かけた青いバッタも、奇妙な形をしていましたし、もしかしたらこの近くに、DNAを損傷させる働きを持つ化学物質か放射線のようなものが存在するのかもしれませんね。あ、そういえばこの洋館の隣にあるのは化学薬品工場でしたっけ。なにか関係があるのかも」

「放射線って……イヤだ」

ようやく我を取り戻したのか、美香が激しくかぶりを振る。

「それってあたしたちにも影響があるんじゃないの？　あたし、イヤよ。あんなお化けみたいな顔になっちゃうのは」

恐怖を紛らわせるため、冗談を口にしたのかと思ったが、彼女は怯えた表情を崩そうとしない。どうやら、本気でそうなることを心配しているようだ。

「大丈夫ですよ。科学的に考えて、そんなことは絶対に起こり得ませんから。しかし、このあたりの放射線濃度が基準値をはるかに超えているとしたら、長居は禁物ですね。一刻も早く、この洋館を離れたほうがよさそうです」

「だったら、今すぐ帰りましょうよ」

そういうが早いか、美香はベッドに背を向けて歩き出した。

「どうぞ」

ベッドの上を凝視したまま、ひろしが答える。

「どうぞって……あなたは帰らないの？」

「僕はもう少し、あのマウスを観察していきますので」

「は？　やめてよ、気持ち悪い」

美香は露骨に不快な表情を浮かべたが、すでにひろしはなにも聞いていないように見えた。鼠もどきを捕まえようと、じりじり間を詰めていく。

「あんたはどうするの？」

美香がシュンのほうに向きを変えていった。

「僕も帰りたいけど……でも……」

考えてみれば、美香とまともに会話を交わすのは初めてのことだった。緊張で舌がもつれる。まだ彼女は、玄関のドアが施錠されてしまったことを知らないはずだ。この屋敷から出るためには、ほかの出入口を探さなければならなかった。そう伝えたいのだが、うまくいかない。

「ああ、もう！　どいつもこいつも！」

いつまでも返事をよこさない彼に、苛立ちが募《つの》ったのだろう。

「みんな、勝手にすればいいわ。あたしは帰るから。じゃあね」

美香は右手を上げると、鼻息荒く部屋から出ていった。

そんな彼女のことなどまったく眼中にない様子で、ひろしは鼠もどき――いや、奇形の鼠に手を伸ばした。

彼の中指が鼠の鼻先まで伸びる。鼠は鼻をひくひくと動かし、用心深そうにそのにおいを確かめているようだった。巨大な目玉がせわしなく左右に動く。

ひろしがもう片方の腕を振り上げ、鼠を捕まえようとしたまさにその瞬間、ベッドの下から物音が聞こえた。その音に反応したのか、鼠はすんでのところでひろしの手を逃れ、ベッドの下へと潜り込んでしまった。

だが、ひろしもあきらめていない。彼は素早く立ち上がると、勢いよくベッドを押しのけた。

「……！」

あまりの衝撃に、シュンは悲鳴さえあげることができなかった。

喉の奥がぐるると奇妙な音を立てる。一気に気分が悪くなり、その場に膝から崩れ落ちた。

十匹以上の青い鼠が身体を寄せ合って、なにやらかじっている。どの鼠も三頭身で、目が顔の半分を覆っていた。

「……どういうことですか、これは？」

さすがのひろしも戸惑っている。彼は右手で口を覆うと、ゆっくり後ずさりを始めた。

大量の鼠に怯えたわけではないのだろう。問題は鼠がかじっていた食料だ。

それは肘から切断された人間の右腕だった。

第7章

神出鬼没

―異形の者―

しんしゅつきぼつ【神出鬼没】
〔鬼神のように自由に出没する意から〕どこでも好きな所に現れて、目的を達するとたちまち消えてしまうこと。

1

目前で展開される思いもよらぬ情景に、シュンは呼吸をすることさえ忘れていた。

悪夢としか思えない。

ベッドの下に転がった右腕は、表面のほとんどが鼠にかじられ、赤紫色に染まっていた。肌の下から染み出した体液なのか、あるいは鼠の唾液なのか、部屋の照明を反射して、全体がてらてらと光っている。

引きちぎられたかのように見える切断面からは、灰褐色の骨が一本突き出していた。もっとも体格のよい鼠が、骨の先端を前脚で抱きかかえながら、熱心にかじり続ける。

それ以上は正視に耐えられなくなり、シュンは顔をそむけた。

「……あれって本物なのかな?」

沈黙が恐ろしく、そう口にする。だが、ひろしは答えてくれない。腰を屈め、鼠たちの群れをじっと見つめるばかりだ。腕が本物かどうかを確かめているのではなく、鼠たちの様子を観察しているのだろう。彼はそういう男だった。

シュンはためらいながらも、再びベッド脇へ視線を戻した。鼠の容赦ない攻撃で、床の上の右腕は次第に原形を崩し始めていたが、それでも本物であることはわかる。そもそも、精巧にできたニセモノなら、鼠たちがかじったりすることはないだろう。

もはや、その腕の持ち主が男か女か、筋肉質か痩せ細っているかもわからなかったが、細長い五本の指を見る限り、動物のものとは思えない。人のそれであることは明らかだった。

シュンの視線に気がついたのか、骨をかじっていた一匹が、こちらを振り返った。赤く血走った目をぎょろりと動かし、血に汚れた前歯をむき出しにしながら甲高い声をあげる。

俺たちの邪魔をするな。

まるで、そう叫んでいるようだ。

リーダーらしき一匹の鳴き声が合図となったのか、ほかの鼠たちも顔を上げ、狂気の宿った瞳でシュンたちを睨みつけてきた。

その異様な光景に、さすがのひろしも面食らったらしい。彼は素早くベッドから離れると、壁に背を押しつけた。


キーッ！　キーッ！　キーッ！

青い鼠たちは、リーダーと同じ格好をしながら、一様に騒ぎ始めた。

たかが鼠と馬鹿にはできないだろう。大量の鼠に襲われれば、シュンたちだって、あんなふうに腕を食いちぎられるかもしれない。

「ここはひとまず、退散したほうがよさそうですね」

ひろしの言葉に、シュンは何度も頷いた。クローゼットに隠れたまま、いっこうに姿を現さないたけしのことは気になったが、これ以上、この部屋にとどまることはできそうにない。

鼠たちを刺激せぬよう、そっと廊下に出る。

ドアを閉めた途端、あれだけうるさかった鼠たちの鳴き声がぴたりとやんだ。

邪魔者がいなくなったことを喜びながら、再びご馳走にかぶりついているのだろうか？　いや、もしかすると――。

常軌を逸した馬鹿げた想像に、シュンは苦笑した。

もしかすると、次のご馳走を手に入れる作戦でも立てているのかもしれない。

2

庭で跳ね回る新種のバッタ。曇りガラス越しに目撃した巨大な影。そして、人の腕をかじる奇形の鼠。

この屋敷は、明らかになにかがおかしい。

長らく誰も住んでいないはずなのに、食器棚から皿が落ちたり、自動的に照明が灯ったり、勝手に扉がロックされたり、変なことばかりが立て続けに起こる。

ひろしと共に階段を下りてくると、玄関ホールの中央には仏頂面の美香が立ち尽くしていた。

「どうしました？　帰られたのではなかったのですか？」

「帰りたくても帰れないの。もうなんなのよ、これ。ロックされて開かないじゃない」

入口のドアを指差し、あしざまにいう。そのことをきちんと説明しなかった自分が責められているような気がして、シュンは頭を下げた。

「僕たちは建物の中にいるのですから、ロックを解除すればすむ話なのでは？」

「どうやって解除するの？　あるのはノブと鍵穴だけなんだけど」

「……どういうことですか？」

「あたしが訊きたいわよ。なによ、これ？　どういうことなの？」

「ちょっと見せてください」

ひろしがドアに近づく。彼ならなんとかできるかも、とシュンは期待したが、

「これはダメですね。鍵が必要です」

彼はドアをひと目見ただけで、開けることをあきらめてしまった。

「ありえないでしょ？　家の中から出るのに鍵が必要だなんて。そんな話、聞いたことないんだけど」

「いいえ。この屋敷に誰かを軟禁していたのであれば、そういうこともあるでしょう。なるほど……だから、窓には鉄格子がはめられ、しかもご丁寧に分厚い板まで張りつけてあったのですね。ここがジェイルハウスと呼ばれるようになった由縁も、案外そのあたりにあるのかもしれません」

「軟禁ってどういうこと？　ここって、犯罪組織の隠れ家かなにかだったわけ？あたしは病弱な車椅子の女の子が住んでたって、ママから聞いてるけど」

「ええ。僕もそのように聞いています。もしかしたら、その女の子を外に出さぬよう、彼女の両親がこのような造りにしたのかもしれませんね」

「……もしかして、虐待されてたってこと？」

「そうとは限りません。たとえば、その少女がひどい喘息《ぜんそく》を患《わずら》っていたとしたらどうです？　隣は大きな化学工場です。彼女の両親は娘の身体を心配し、だからやむを得ず軟禁していたとも考えられます」

二人の会話を小耳にはさみつつ、シュンは杏奈の姿を探した。

彼女はどこにも見当たらない。トイレにいるかもしれないと思い、片っ端からドアを開けにかかったが、どの部屋も施錠されていて、ノブを回すことさえできなかった。

「ところで、先ほどから卓郎君の姿が見えませんが。どこに行かれたのでしょう？」

「知らない、あんな奴」

ひろしと美香の会話は続いている。

「しかし、一緒に行動していたのでは？」

「このフロアの奥のほうに、大きな和室があったんだけど、あいつ、靴を履いたまま、平気で畳の上へ上がるんだもん。あたし、そういうのにはちょっと抵抗があって。うちのパパ、ものすごく躾《しつけ》に厳しい人だから、子供の頃から畳の縁《へり》を踏んだだけでも、鬼のように叱られたし。だから、土足で畳に上がるなんて、ちょっと信じられなくって。やめておきなよって卓郎にいったんだけど、俺の家だぞ、文句あるかって逆に怒鳴られちゃった。だったら、好きにすればと思って一人で引き返したところに、二階からたけしの悲鳴が聞こえてきたってわけ」

「和室……ですか？」

「なによ。あたし、なにか変なことでもいった?」

「ピサの大聖堂に似せた外観、内壁に使われているエスタコウォール、玄関ホールに飾られた騎士の甲冑——ここまでヨーロッパにこだわっておきながら、和室が用意されているということに、少々違和感を覚えますね」

洋館内に用意された大きな和室?

二人の話に耳を傾けるうちに、シュンは奇妙な思いに囚われていた。ひろしの抱いた違和感とはまた別のものだ。つい最近、どこかで同じ会話を耳にしたような——むしろ、それは既視感に近かった。

長い廊下を西方向に進み、ついに突き当たりの部屋まで到達する。今のところ、このフロアに解錠された部屋はひとつもない。ここも施錠されているに違いないと思いながら手首をひねると、驚いたことにノブは簡単に回った。

ドアを開け、室内を確認する。たけしが引きこもった部屋と同様、全体がオレンジ色の照明で照らされていた。

洗面所だ。棚には石鹸《せっけん》や歯ブラシが置かれたままとなっている。陶器でできた洗面台はしっとりと濡れていた。つい最近、使われたように見える。ためしに蛇口をひねってみると、すんなり透明な水が流れ出た。

どういうことだろう?

小首を傾《かし》げる。

もし、誰も住んでいないなら、水道が止められていないのは変だし、たとえ止め忘れていたのだとしても、長い間使われていなかったのなら、最初に錆くさい茶色の水が出てこなければおかしい。やはり、この屋敷には誰か住んでいるようだ。

洗面所の奥にはもうひとつ扉があった。開けてみると洋式の便器が備えつけられている。人の気配はない。となると一体、杏奈はどこへ消えてしまったのだろうか？

シュンは洗面所を出て、ひろしたちのもとへ戻ろうとしたが、

「……あれ？」

なぜか玄関ホールには誰もいなかった。

「ひろし君」

呼びかけるが返事はない。

「どこにいるの？」

ホールまで足早に戻り、あたりを見回したが、ついさっきまでそこにいたはずの二人は煙のように姿を消してしまっていた。

もしかして、入口のドアを開けることに成功したのだろうか？

そう考えてノブをひねったが、状況はなにひとつ変わっていない。

じゃあ、どこかに隠れて、僕を驚かそうとしているのかも。

いや、あり得ない、と即座に否定する。ひろしにそんな茶目っ気があるとは思えなかった。

となると、二人が消えた理由はひとつしか考えられない。シュンが洗面所内を調べているわずかな間に、なにかよからぬことが起こったのだ。

耳を澄ませると、どこかでドアの閉まる音が聞こえた。それほど遠い距離ではない。シュンはすぐさま周囲に視線を走らせたが、目に見える範囲で、なにかが動いた様子はなかった。

「ということは……」

階段の向こう――首の取れた甲冑へと視線を移す。ドアが閉まったのは、おそらく北に面した部屋のどこかだ。

階段の横を通り抜け、甲冑の前に立つと、シュンは左右を見回した。ちょうどそのタイミングで、右手突き当たりのドアが乱暴に閉まった。

「誰？」

そう口にしながら、長い廊下をひた走る。

一人ぼっちはキライじゃない。誰かと一緒にいたって、緊張するだけでほとんどなにもしゃべれないし、気をつかってくたくたに疲れてしまうだけだ。

一人のほうが楽に決まっている、とこれまで疑うことなく生きてきた。だけど、今日は違う。一人ぼっちでいることが恐ろしくて仕方ない。心細さに耐えられない。

「ひろし君なの？」

たった今閉じたばかりのドアの前に立ち、呼びかける。誰かと一緒にいなくては、正気を保てそうになかった。

返事があることを期待したが、ドアの向こうからは誰の言葉も返ってこない。

ノブをひねり、ドアを開ける。と、まるでシュンがそうすることを今か今かと待ち受けていたかのように、部屋の中にあったもうひとつのドアが音を立てて閉まった。

「やめてよ、もう」

情けない声をあげながらも、シュンは安堵のため息を漏らしていた。

どうやら、僕はからかわれているらしい。

シュンを脅かし怖がらせて、楽しんでいるのだろう。どこかに隠しカメラがあって、怯えたシュンの顔がテレビ画面いっぱいに映し出されているに違いない。

そんな子供じみた真似をするのは、卓郎に決まっている。

卓郎とはなるべく顔を合わせたくなかったが、このまま一人で居続けるよりはマシだと思わなければならない。腕っぷしの強い彼なら、鼠の大群が襲いかかってきたとしても、簡単にやっつけてくれるだろう。

室内の様子を探る。壁沿いにはステンレス製の棚が、奥には業務用の大型冷蔵庫が置かれていた。中央には調理台があり、古ぼけたガスコンロがいくつも並んでいる。

どうやら、ここは厨房《ちゅうぼう》らしい。

シュンは室内に押し入ると、脇目も振らず、もうひとつのドアに向かった。

「卓郎君」

そう呼びかけてノブをひねる。ドアを開けると、別のドアから青い人影が立ち去るところだった。

「……え?」

目の前で、前方のドアが閉まる。

シュンは言葉を失った。

今のは……なんだ?

全身にペンキを塗りつけたかのような青い身体。卓郎ではない。すぐに視界から消えてしまったので、背中と片脚しか確認することができなかったが、人間とは到底思えなかった。

動物園のゾウかカバを彷彿とさせる、がさがさとした皮膚には醜いしわが何本も刻まれ、また脚は異常なくらいに筋肉が発達していた。

こめかみに痛みが走った。

海馬の底に沈んだ記憶が、水面に浮かび上がろうと必死でもがいている。

とても大切なことを忘れているような気がするのだが、思い出そうとすると、それを邪魔するかのように頭痛がひどくなる。

僕の頭がどうかなってしまったのか？

底なしの不安に襲われる。

あんな生き物がこの世に存在するとは思えない。もしかして、すべて幻？　僕が勝手に作り出した妄想なのだろうか？

息を殺したまま、周囲に視線を移す。広い部屋の中央にはダイニングテーブルが、壁沿いには食器棚が設置されていた。棚からこぼれ落ちたのか、床には割れた皿が散乱している。どうやら、ここはひろしが探索したと話していた食堂らしい。

おそるおそるその部屋に足を踏み入れ、人影が立ち去ったドアの前に立つ。ドアには曇りガラスがはめ込まれていた。間違いない。シュンと杏奈が最初に青い人影を目にしたのはこの部屋だ。

ドアノブを見たが、部屋の内側に施錠するためのつまみはついていなかった。鍵を持っていないシュンたちには、ドアを施錠することも解錠することもできないわけだ。逆にいえば、このドアを自由に往き来している青い大男は、キーを持っていることになる。

シュンは汗ばんだ手でノブをつかみ、そっとドアを開けて外の様子をうかがった。想像したとおり、ドアは廊下に繋がっている。その先には玄関ホールが見えた。青い人影はどこかへ行ってしまったらしく、あたりはしんと静まり返っている。

早く逃げろ。さもないと、手遅れになるぞ。

危険を察した本能が、必死で訴えかけてくる。

シュンは玄関ホールへと急いだ。一縷《いちる》の望みを抱いて、外へと通じるドアに手をかけたが、やはり押しても引いてもびくともしない。それならば窓はどうだろうかと、打ちつけられた板をはがしにかかったが、道具がない状態ではまるで歯が立たなかった。

途方に暮れ、玄関ホールの中央に座り込む。

一体、今は何時なのだろう?

外の様子がわからないので、よくわからない。

時刻を確認しようと左腕に目をやったが、いつもはめている腕時計は存在しなかった。おそらく今日の昼間、卓郎から暴力を受けたときに落としてしまったのだろう。百円ショップで買った安物なので、べつに惜しくはなかったが、卓郎のせいで失くしたという事実は、シュンの心をひどく暗澹《あんたん》とさせた。

僕は卓郎に、どれだけのものを奪われたのだろう？

お金や品物だけじゃない。笑顔、プライド、人間らしい心、そして――。

「なんなの？　なんなのよ、あれは？」

美香の叫び声に顔を上げる。

二階からひろしと美香が下りてくるところだった。二人ともひどく慌てている。

美香は足をもつれさせ、何度も転びそうになっていた。

「誰もいないのにドアが急に開いたから、びっくりして二階へ逃げたら、今度は……今度は……ああ」

「落ち着いてください。もう大丈夫ですから」

背後を振り返り、ひろしがいう。

「どうやら、あきらめたみたいですね。追いかけてくる様子はありません」

美香はシュンの横を通り過ぎて、玄関口に立つと、ドアノブを乱暴に動かし始めた。

「やっぱり開かない。ん、もう！　どうなってるの？　早く、うちへ帰してよ」

「相当頑丈にできていますから、壊すのは難しいでしょう。鍵を見つけるしかありませんね」

「どうして、あなたはそんなにも冷静なの？　あなただって、あのお化けを見たでしょ？」

美香は髪を振り乱し、険しい表情で叫んだ。よほど恐ろしい目に遭ったのだろう。紫色に変色した唇が細かく震えている。

「ええ、今もまだ自分の目にしたものが信じられません」

「あれはなに？　あのブルーベリーみたいな色をした全裸の巨人は」

美香の言葉に、シュンは全身を硬直させた。

「なんでも知ってるあなたならわかるでしょ？」

「残念ながらわかりません。あんな生き物はウィキペディアにも載っていませんでしたから」

ひろしたちもあの大男を見たのだ。幻覚ではなかったことを知り、シュンの中で安堵感と恐怖心が複雑に混ざり合った。

「ただひとつわかっているのは、バッタ、マウス、そして巨大な二足歩行動物――この洋館には突然変異で生まれた新種の生物が多数存在するということだけです。それらの生物に共通している点は、肌が青く、眼球が異様に発達していること」

血走った目で睨みつけてきた鼠の姿を思い出し、シュンは身体を震わせた。

「あのブルーベリー……あたしたちの姿を見つけるなり、追いかけてきたわよね？　どうして？　あたしたちがなにをしたっていうの？」

「少なくとも不法侵入はしていますよね。怒って追いかけてきたのであれば、僕たちに文句をいう筋合いはありません」

「べつに、好きで忍び込んだわけじゃないわ。出て行けるものなら、今すぐ出て行きたいわよ。だけど、入口が閉まってるんだもの。仕方ないじゃない。ううん。そもそも、このお屋敷は卓郎君のお父さんのものなんでしょ？　だったら、不法侵入しているのはあいつのほうなんじゃないの？」

「そのような理屈が通じればよいのですが」

ひろしは肩を上下させ、困ったように眉根を寄せた。

と、そのときだ。

「うわあああああっ！」

二階から再び、たけしのけたたましい悲鳴が響き渡った。

第8章

殺人鬼

—悲劇の連鎖—

さつじん‐き【殺人鬼】
何人もの人を殺した悪人を、鬼にたとえていう語。

1

ゴメン。ゴメンよ、直樹。

膝に顔を深く埋めたまま、たけしはいつまでも謝り続けた。

オレのせいじゃない。悪いのは卓郎だ。オレはただ、卓郎の命令に従っただけなんだ。

嗚咽《おえつ》を漏らす。涙とよだれで、太ももはぐっしょりと濡れていた。

卓郎の命令が絶対だってことは、おまえだってわかってるだろう？　ホントはイヤだった。当たり前じゃないか。クラスメイトが傷つく姿なんて見たくないよ。だけど、仕方がなかったんだ。卓郎に逆らったら、今度はオレが同じ目に遭わされちまうんだからな。

すぐ近くで物音が聞こえたような気がして、顔を上げる。

クローゼットの中は暗く、目を開けてもなにも見えない。暗いのは苦手だが、しかし外へ出ることはできなかった。

クローゼットの扉を開いた途端、化け物となった直樹が襲いかかってくるに違いない。

突然転がり落ちた甲冑の首に驚き、悲鳴をあげながら二階へと駆け上ったたけしは、そこで青い肌の大男と出会った。

そのグロテスクな姿に、全身の血の気が引いたことを思い出す。よく気絶しなかったものだ、と自分を褒めてやりたいくらいだ。

最初は着ぐるみの人形かなにかだと思った。卓郎が中に入っていて、自分を驚かそうとしているのだと。

だが、そうでないことはすぐにわかった。大男は真っ赤に充血した目をつり上げると、奇妙なうなり声をあげながら襲いかかってきたのだ。

怒りに満ちたその表情は、事故直後に卓郎が撮影した直樹の死に顔ととてもよく似ていた。

——うまく撮れてるだろ？

信じられないことに、卓郎は笑いながらその写真を見せつけてきた。

トラックから漏れ出た液体で青く染まった顔と怒りに満ちた真っ赤な目の対照的なコントラストは、いまだ記憶の底に張りついたまま離れることがない。夢に見てうなされることもたびたびだった。

この化け物は直樹だ。

たけしはそう直感した。

直樹はオレたちに復讐しようとしているんだ。

たけしは叫び声をあげ、逃げ回った。鍵のかかっていなかった部屋へ飛び込み、とっさにクローゼットの奥へと身を隠す。直後にドアの開く音が聞こえた。

来るな、来るな。

心の中で、念仏のように同じ言葉を何度も繰り返した。

膝の震えが止まらない。自分の意思とは無関係に、喉の奥から悲鳴が漏れそうになる。だが、音を立てたらすぐに見つかってしまう。

たけしは右手で膝頭を、左の手で自分の口を押さえた。


来るな来るな来るな来るな来るな!


やがて、ドアの開閉音が耳に届いた。ようやくあきらめてくれたか、と胸を撫で下ろす。

おそるおそるクローゼットから出ようとしたが、なぜか両足がいうことを聞かない。腰を抜かしてしまったのか、下半身にまったく力が入らなかった。

悲鳴を聞きつけて、すぐに美香たちがやって来たが、たけしはまともに受け答えすることができなかった。あまりの恐怖に、神経がどうにかなってしまったのだろう。

本当は美香たちと一緒に、一刻も早くここを逃げ出したかった。一人ではうまく歩けないので、肩を貸してもらう必要もあった。だが、それがうまく言葉にならない。口から出るのは命乞いの台詞ばかり。もがけばもがくほど、本当に伝えたい言葉は遠のいていく。

ただ震えるだけのたけしに呆れたのか、美香たちは彼を置いて姿を消してしまった。

なんて、薄情な奴らなんだ。

そのときは憤りを覚えたが、つい先ほど美香の悲鳴を耳にして、たけしは無理やりにでも自分を連れて行こうとしなかった彼女たちに感謝の念を送った。

たぶん、美香たちも直樹の亡霊に襲われたのだろう。もしかしたら今頃、殺されているかもしれない。一緒に逃げ出していたなら、自分も巻き込まれていた可能性が高かった。

どこであの亡霊が待ちかまえているか、わからないのだ。ここに隠れ続けているほうが、ずっと安全かもしれない。

クローゼット内のハンガーを分解して手に入れた針金の一端をポールに巻きつけ、もう一方の端を扉裏のネクタイ用フックに強く結ぶ。こうしておけば、たとえ直樹に見つかったとしても、そう簡単に扉を開けられることはない。

いつまで経っても帰ってこない子供のことを心配して、そのうち各家庭の親が騒ぎ出すだろう。卓郎はこの屋敷の鍵を勝手に持ち出しているのだから、それがばれれば、行き先だって自ずと判明するはずだ。

オレはここで、大人たちが助けに現れるのを待ち続ければいい。

幼い頃からカクレンボは得意だった。小柄で、しかも身体の柔らかかった彼は、どんな狭い場所にでも簡単に隠れることができたのだ。

お調子者で、ついよけいなことまでしゃべってしまうため、近所の悪ガキや年上の不良に絡まれることも多かったが、そんなときも得意のカクレンボで逃げおおせることができた。

今回も大丈夫。きっとうまくいくはずだ。

ドアの開く音が響いた。

……誰？

息を殺し、耳をそばだてる。クローゼットの扉一枚を隔てた向こう側に、巨大な生き物の気配を感じた。

たけしはまぶたと口を固く閉じ、クローゼットの前にたたずむその人物が立ち去るのを辛抱強く待った。
どのくらいそうしていただろうか？

とん、とん

突然、クローゼットの扉がノックされた。思わず悲鳴をあげそうになり、慌てて口を押さえる。

……見つかった？

心臓が三十二ビートのリズムを刻んだ。
扉を開けられたらオシマイだ。
たけしは足もとに転がっていた木製のハンガーを手に取り、戦闘態勢を整えた。有効な武器になるとは到底思えなかったが、それでもなにも持っていないよりはマシだろう。

とん、とん

再びノックの音が、先ほどより強く打ち鳴らされる。たけしは唇を噛みしめ、いまだかつて感じたことのない恐怖にひたすら耐えた。

ここにオレがいるとわかっているのなら、どうしてすぐに扉を開けようとしないのだろう?

ふと疑問に思う。

もしかして開けようとしないのではなく、開けることができないのでは?

クローゼットの取っ手からぶら下がったペンダントのことを思い出し、目を見開いた。

きっとそうだ。あの十字架はきっと、魔除けなのだろう。だから、直樹はこの取っ手に触れることができないのだ。

よかった。ここに隠れている限り大丈夫だ。

安堵の息を漏らしたたけしの耳もとに、

どん、どん

またもや、ノックの音が響いた。

無駄だ。オレは絶対にここから出ない。おまえなんかに殺されてたまるか。

どんっ！　どんっ！

ノックは回数を重ねるたびに強くなっていった。いつの間にやら、扉をぶち破ってしまうのではないかと思われるほどの勢いに変わっている。

消えろ、消えろ、消えろ。

両耳を押さえ、彼は必死で祈り続けた。

消えろ、消えろ、消えろ、消えろ、消えろ！

オレは死なない。生きてうちへ帰るんだ。帰るんだ。帰るんだ。

必死の祈りが天に届いたのか、突然あたりはしんと静まり返った。

……あきらめたのか？

涙を拭《ぬぐ》い、鼓膜に全神経を集中させる。

「たけし？　たけしなんでしょ？」

扉の向こう側から聞き覚えのある声が届いた。

「……母ちゃん？」

「よかった、たけし。こんなところにいたんだね」

その柔らかな口調に、鼻のつけ根がつんと痛くなる。

助かった！

「待って。今すぐ開けるから」

たけしははやる気持ちで、頑丈に巻きつけた針金をほどいていった。

「よくここがわかったね。店のほうは大丈夫？　今夜は予約がたくさん入ってるんだろう？」

慌てたために針金の先で指を突いてしまった。真っ赤な血の玉がぷくりとふくらむ。だが、それくらいの痛みで騒ぎ立てている場合ではない。

「もうちょっと待ってね。あと少しでほどき終わるから。ほら、終わった」

たけしの言葉を合図に、扉はゆっくりと開き始めた。

部屋の明かりがクローゼット内に差し込む。

「早く逃げよう。ここには化け物が棲みついているんだ。母ちゃ――」

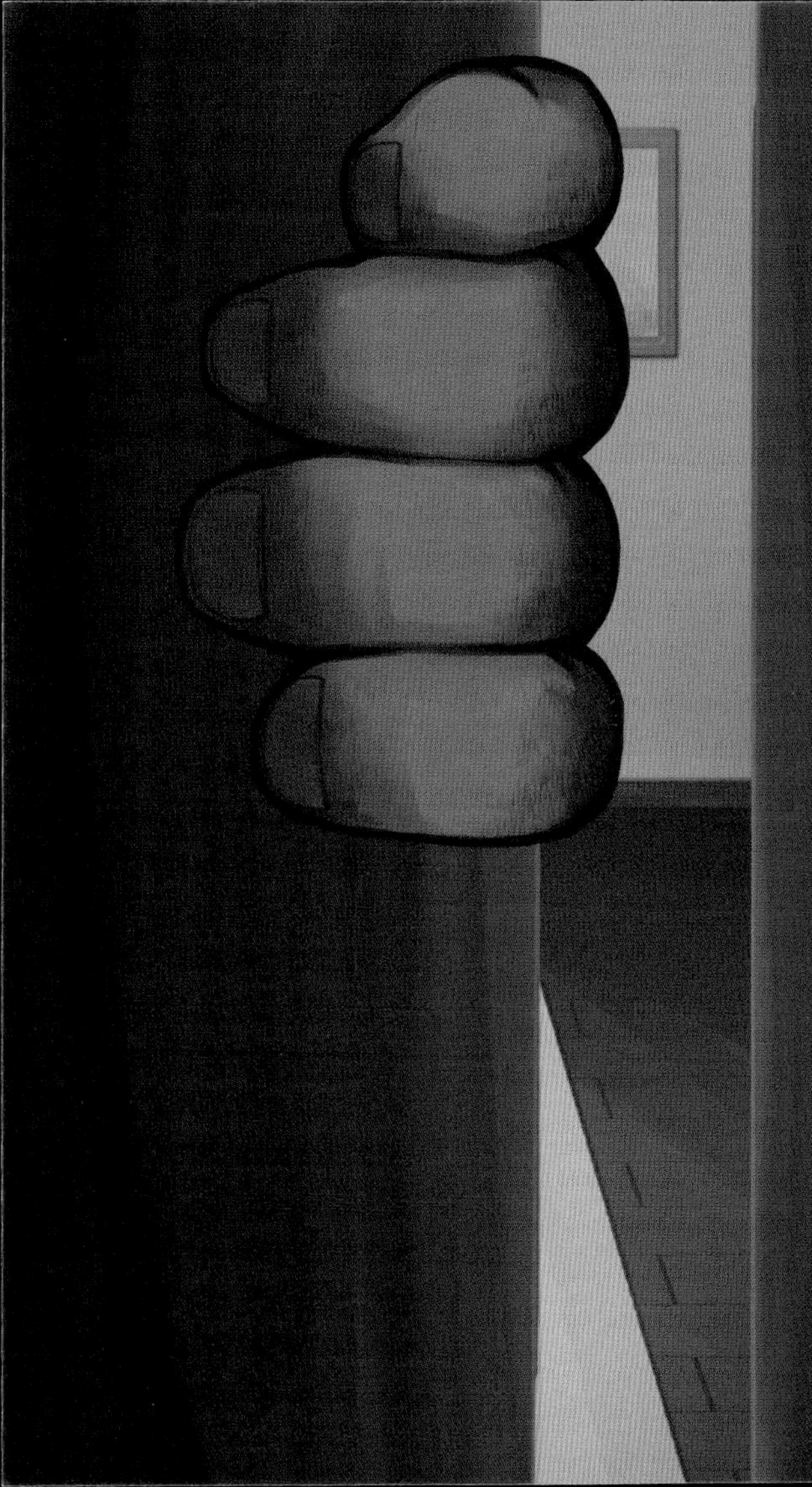

たけしくん　みぃーつけた

細く開いた扉の隙間から、こちらの様子をうかがっていたのは赤く血走った巨大な目玉だった。

「うあああああああっ！」

悲鳴をあげると同時に、前頭部に激しい衝撃を受ける。

それっきり、なにもわからなくなってしまった。

2

たけしの悲鳴を耳にするのは一体、何回目だろう？

幾度も同じことが続くと、次第にげんなりとした気持ちのほうが強くなってくる。狼少年がいい例だ。

「いい加減にしてくれないかなあ」

シュンと同じ思いだったのだろう。美香が苦虫を嚙みつぶしたような表情を浮かべた。

「いや、耳を澄ませてみてください。今までとは少し様子が違っています」

ひろしの言葉に従い、耳に手を添える。

たけしの悲鳴はすぐに途切れ、代わりに奇妙な物音が鼓膜を不快に震わせた。

ごりっ、ごりっ

以前、母と出かけた蕎麦屋《そば》で、こんな音を聞いたことがあった。石臼《いしうす》を回す音によく似ている。

同時に、獣の咆哮《ほうこう》が轟《とどろ》いた。

「……なんなの、これ？」

美香が大きな目をますます大きくする。

「行ってみましょう」

ただごとではないと悟ったシュンたちは、せめぎ合うようにおたがいの身体をぶつけながら、二階へと上がった。

「なに、このにおい？」

美香が形のよい鼻をひくひくと動かし、眉をひそめる。確かに、先ほど二階へやって来たときには感じなかった異様な臭気が、あたりに漂っていた。

つい最近、どこかで同じにおいを嗅いだ気がする。なんのにおいだっただろう？

思い出そうとするとまた、こめかみのあたりが錐で刺されたように強く痛んだ。

先ほど鼠たちと出会った部屋の前に立つ。

すでに、奇妙な物音はやんでいた。たけしの悲鳴も聞こえず、あたりは不気味な沈黙に包み込まれている。

「ねえ、待って」

ドアを開けようとしたひろしに、美香が声をかけた。

「あのお化けが中にいたらどうするの？」

「むしろ、そうあることを願っていますが」

ひろしは粛々《しゅくしゅく》と答えた。

「はあ？　馬鹿いわないでよ。あんな気味の悪いお化けに追いかけられるなんて、あたしは二度とゴメンだからね」

「しかし、あの生物からなんらかの情報を得ない限り、ここから脱出することはできませんよ」

「なに？　あいつがあたしたちを閉じ込めたっていうの？」

「おそらく」

ひろしの回答に、美香は声を荒らげた。

「ねえ、気は確か？　あんなお化けと、まともに会話なんてできるはずがないでしょ。そもそも、言葉が通じるとは思えないし」

「外見だけで物事を判断するのは、やめたほうがよいと思います。たいていの場合、その本質を見誤ってしまうことになりますから」

ひろしは冷然とした口調でそう説明すると、なんらためらうことなくノブを回しにかかった。

開いたドアの隙間から、さらに強い異臭が漂ってくる。錆びた鉄を彷彿とさせるこの臭気は――。

シュンはようやく、それが血のにおいであることに気がついた。

「待って」

慌ててひろしを呼び止めたが――遅かった。

大きく開かれたドアの向こうには大量の鼠が群がり、一心になにかをかじっている。その数は先ほどの比ではない。青いカーペットが敷いてあるかと勘違いするほどの大群に、背すじが凍りついた。

ますます強まる悪臭と、目の前の異常な光景に耐えられなくなったのだろう。美香は両手で口を押さえると、なにもいわずに廊下を駆け出した。

「これはすごい」

百匹以上いる鼠たちに臆《おく》する様子もなく――いや、むしろ爛々《らんらん》と目を輝かせながら、ひろしが室内へと足を踏み入れる。

充血した何百もの目が、いっせいに彼を睨みつけた。あちこちから威嚇の声があがる。鋭い歯をむき出しにして、今にも襲いかかろうとするものもいた。

体格のよい一匹が群れを離れ、ひろしの前へと駆け出す。

「危ないよ、ひろし君」

シュンはそれだけいうのが精一杯で、ドアの前から一歩も動くことができなかった。

「食堂で見つけたこれが役に立ちます」

ひろしはポーカーフェイスを保ったまま、制服のポケットからライターを取り出すと、近づいてきた鼠に炎を近づけた。

突然の攻撃に驚いたのか、身体の大きな鼠は向きを変え、ベッドの隙間へと逃げ込んだ。リーダーの行動に危険を感じ取ったのか、残りの鼠たちもいっせいに散らばった。何匹かはシュンの足もとをすり抜け、部屋の外へと飛び出していく。

鼠たちが姿を消したあとには、原形のわからぬ肉片が転がっていた。かろうじて円柱形を保っているが、表面はぐちゃぐちゃに押しつぶされ、持ち上げればすぐに崩れてしまいそうだ。床は真っ赤に染まり、そこから鼠の足跡が放射状に広がっている。

ベッドの下から見つかった腕の一部とは、明らかに大きさが異なっていた。人間の脚のようにも見える。

肉片の先に転がったスニーカーを、ひろしが拾い上げた。手のひらで血を拭うと、見覚えのあるロゴが現れる。たけしのものに違いない。

「まさか……」

シュンは最悪の事態を想像したが、それを言葉にはできなかった。口にした途端、現実になってしまいそうで恐ろしかったのだ。

床に転がった肉片はたけし君のものじゃない。だって……だって、そんなことが現実に起こるはずがないだろう？

頭にこびりついて離れない妄想を、必死で追い払う。

目の前の肉片は、先ほど見かけた腕の持ち主の別の部分に違いない。以前にこの屋敷で死んで、ずっと放置されたままだった遺体を、鼠が食い荒らしたのだろう。

いや、あのときは人の腕に見えたが、本当は違うのかもしれない。うっかり見間違える可能性だって考えられた。鼠がかじっていたものは、この屋敷に迷い込んだ動物の遺体で、それがたまたま光の加減か、あるいは恐怖心から人間の一部に見えただけで……。

ごとんっ

クローゼットの奥から聞こえた物音に、顔を上げる。ひろしも、スニーカーを握り締めたまま、シュンと同じ方向を見つめていた。

「……たけし君？」

勇気を奮って室内へと足を入れ、おそるおそる呼びかけてみる。が、返事はない。

「マウスなら追い払いました。もう心配はいりません」

そういって、ひろしはクローゼットの扉を開けた。

突然射し込んだ光に驚いたのか、クローゼットの中から一匹の鼠が飛び出し、ベッドの下へと潜り込む。

続いて、丸い物体が転がり落ち、床の上でバウンドした。

「たけし……君？」

喉からしゅうと空気が漏れる。本当は思いきり叫びたかったのだが、声帯が凍りついてしまったのか、うまく声が出てこない。

クローゼットから転がり落ちたものは、たけしの頭部だった。首から下は見当たらない。紫色の唇からはみ出した舌は、ナメクジのようにぬらぬらと光っている。

普段と変わらぬ生意気そうな視線を、たけしは投げかけてきた。だが、いつものように悪態をつくことはない。シュンを見上げたまま、口もとに薄ら笑いを浮かべるばかりだ。

……なんだ、これは？

たけしにつられたのか、次第に笑いがこみあげてくる。シュンは壁にもたれかかると、喉を鳴らして小さく笑った。そんな状況ではないとわかっていたが、肉体のコントロールがどうもうまくいかない。

こんなことが現実に起こるなんて、絶対にあり得ない。これは夢だ。すべて夢なんだ。

必死で、自分にそういい聞かせる。

「……一体、なにが起こっているのでしょう？」

なにが起こっても平然とかまえていたひろしが、初めて不安げな表情を見せた。

「僕は夢でも見ているのでしょうか？」

彼の言葉に、シュンは笑顔を貼りつけたまま答えた。

「そう、これは夢だよ。ひろし君じゃなくて、僕の見ている夢。ゴメンね。変なことに巻き込んじゃって」

「なぜ、ゲームとそっくり同じことが起こっているのでしょう？　偶然とは思えないのですが」

「……ゲーム？」

右のこめかみから左のこめかみへ、一直線で激痛が走り抜ける。

鼓動と共に、それまで鍵のかかっていた記憶の引き出しが一気に開いた。

この屋敷にやって来てから、たびたび抱いてきた奇妙な既視感の正体に、ようやく気がつく。

どうして、今まで忘れていたのだろう？

間抜けな自分に腹が立った。

化け物が出ると噂される洋館にやって来た中学生たち。そこに閉じ込められた彼らは、脱出ルートを探す途中で青い肌を持つ怪物に襲われる。逃げ惑う中、一人、また一人と怪物の餌食となり――。

シュンの作ったPCゲームとまったく同じ出来事が、この屋敷でも展開されていた。

「……やっぱり夢だよ」

シュンは呟いた。

「だって、そうとしか考えられないだろう？」

とんだ悪夢だ。早く覚めてくれ。

「これは夢だ、夢だ、夢だ、夢だ、夢だ、夢だ、夢だ」

頭を掻きむしりながら、呪文のように同じ言葉を繰り返す。

「夢だ夢だ夢だ夢だ夢だ夢だ夢だ夢だ夢だ夢だ夢だ夢だ夢だ夢だ夢だ夢だ

夢だ夢だ夢だ夢だ夢だ夢だ夢だ夢だ夢だ夢だ夢だ夢だ夢だ夢だ夢だ夢だ夢
だ夢だ夢だ夢だ」

生暖かい液体が額を伝った。指先で拭うと、真っ赤なものが付着している。爪を立てて頭を掻きすぎたため、皮膚を破いてしまったらしい。

夢じゃないよ。現実だ。

たけしの生首がこちらを向いてにたりと笑う。

「あああああああああ！」

狂ったように大声をあげながら、シュンは自分の頬を叩いた。

しかし、ただじんと痺《しび》れるだけ。

彼を取り囲む世界が消滅することはなかった。

第9章

疑心暗鬼

―覚めない悪夢―

ぎしん－あんき【疑心暗鬼】
「疑心暗鬼を生ず」の略。
疑心があると、何でもないものにまで恐れや疑いの気持ちを抱くものである。疑心暗鬼。疑えば目に鬼を見る。

1

……もしかして、僕のせいなのか？

熱を放つ頬に手を当て、そう自問する。

ジェイルハウス内で起こった不可解な出来事の数々は、シュンが作ったＰＣゲームの内容と恐ろしいほど似通っていた。

僕は……馬鹿だ。

ひろしに指摘されるまで、その事実にまったく気づくことのできなかった自分を、呪い殺したくなる。

だが、それも仕方のないことだったのかもしれない。

卓郎を目《ま》の当たりにすると、シュンの心のスイッチは切れ、なにも考えることができなくなってしまう。自己防衛のための安全装置だったが、今回はそれが災いした。

この屋敷で起こっている出来事が、シュンのゲームとそっくり同じであることに、もっと早くから気づいていたなら、建物の中へ侵入しようとするみんなを押しとどめることができたのだろうか？

……いや、無理だ。

シュンはかぶりを振った。

たとえまともな思考能力が残っていたとしても、屋敷内へ侵入した時点で、彼らに降りかかるであろう災難を予想することは困難だったに違いない。

ゲームの舞台となる洋館は、そもそもがジェイルハウスをモデルに作られたため、似ていて当たり前だった。建物の構造や部屋の配置に関しては、偶然の一致と片づけられないこともない。

ゲームに登場するキャラクターは全部で四名。プレイヤーが操作する主人公には任意の名前をつけられるよう設定し、残りの三名には〈卓郎〉〈美香〉〈たけし〉——クラスメイトの名前を割り当てた。しかし、実際に屋敷へやって来たのは、シュンと杏奈とひろしを足した合計六名だ。ゲームと異なる人数であったことも、シュンの目をくらます要因となった。

死を覚悟するほどに恐れている存在を、どうしてゲームのキャラクターにしようなどと考えたのか、実は彼自身にもよくわかっていない。いじめられていることに対するささやかな復讐だったのだろうか？　美香とたけしに関しては、卓郎といつも一緒にいるから——その程度の安易な気持ちで登場させただけだった。

——これ、おまえが作ったのか？　ふざけやがって！

ゲームの途中で激怒した卓郎の姿を思い出す。

——転校生。おまえが俺のことをどう思ってるのかよーくわかったよ。

不気味な化け物に頭を食いちぎられ、最初に息絶える少年が卓郎だったのだから、激怒してパソコンを叩き壊したのも当然だろう。

だけど、僕は悪くない。

自分自身に、必死でいい聞かせる。

もし屋敷に侵入した時点で、ゲームとの類似点に気づいていたとしても、まさか本当に青い化け物が棲みついていて、そいつが人間を襲うなんて、本気で考えるわけがないだろう。

だから……たけし君が死んだのは僕のせいじゃない。

そのように信じ込まなければ、自分が壊れてしまいそうだった。

僕はたけし君や卓郎君を……あくまでもゲームの中で死なせただけなんだから。

そう——シュンのゲームで最初に殺されるのは卓郎だ。たけしではなかった。

なにもかもがゲームと同じというわけじゃない。だから、僕が責任を感じる必要なんてない。そうだろう？

胸を押さえ、動揺を抑え込む。

今、この屋敷で起こっている出来事は、僕の作ったゲームとは無関係だ。たけしを死なせたのは僕じゃない。僕じゃない。僕じゃない。

肌の青い怪物にみんなが襲われるという設定も、ジェイルハウス周辺で青い鼠を見かけたという話をどこかで耳にし、無意識のうちに作品内に取り込んだだけのこと。たけしがクローゼットの中に隠れるシーンはゲームにも登場するが、それは臆病な彼の性格からして充分にあり得ることだった。現実に起こったとしても、とくに不思議ではない。

あれこれ考えるうちに、心が落ち着き始めた。周囲に目をやり、冷静に現状を分析する。これは夢だと思い込み、現実逃避しようともがいていたシュンはもうどこにもいなかった。

一体、なにが起こっているのだろう?

床に転がった生首へ視線を向ける。正視するに堪えないものだったが、まずはこれが本当にたけしの頭部なのかどうかを確認しなければならない。

「……たぶん、卓郎君の悪ふざけだよ」

しゃがみ込んで、じっとたけしの頭を見つめるひろしに、シュンは声をかけた。

「今日ね、君と別れたあと、裏山に卓郎君がやって来たんだ。彼も、僕のゲームを少しだけプレイしてさ。……自分の名前を勝手に使われたことが気に入らなかったんだと思う。だから、ゲームに出てきた化け物に扮装して、僕を怖がらせようとしているんだ」

ひろしはなにも答えない。真剣な面持ちで、かつてたけしだったものを凝視し続けている。

それでも、シュンは言葉を紡いだ。らしくないと思ったが、そうしなければ今にも心がつぶされそうだった。

「きっと、裏庭で僕を見つけたとき、こいつにひと泡吹かせてやろうと、今回の計画を思いついたんだろうね。玄関のドアに細工をして、僕を逃げられないようにしてから、青い大男に扮して、怯える僕の反応を楽しんでいたんだよ」

実際、シュンが目にしたのは曇りガラス越しのシルエットと、一瞬の後ろ姿だけだ。たぶん、あれはどちらも卓郎だったのだろう。

大体、玄関ホールで別れて以降、まだ一度も彼と顔を合わせていないこと自体、おかしな話ではないか。広い屋敷ではあるが、たけしのあの阿鼻叫喚《あびきょうかん》が、卓郎の耳に届かなかったとは思えない。

今もきっと、どこかに隠れて怖がる僕を傍観しているのだろう。その顔には、いつもどおりのにやけた表情が貼りついているに違いない。

たけしや美香もグルだったのか？　いや、彼らの怯える姿が演技だったとは考えにくい。おそらく、二人ともシュンの巻き添えをくらって、卓郎の餌食となったのだろう。

口を押さえて廊下を駆けていった美香の姿を思い出し、シュンは負い目を感じた。

「だから……その生首も脚のような肉片も、前に見つけた腕だって、リアルに見えるけれども、実際はただの作り物なんだよ。鼠が集まってくるように、肉かなにかを摺《す》り込んでおいたんじゃないのかな？」

さわってみればわかるはず。シュンはひろしの横にしゃがみ込み、生首へと手を伸ばした。

気味は悪かったが、恐ろしくはなかった。だって、それは精巧にできたニセモノなのだから。理科準備室の人体模型にさわるのと、なんら変わりはない。

指先が生首の頬に触れる。同時に、シュンはしゃっくりに似たうめき声を漏らした。

柔らかな肌の感触。

ひんやりしていたが、ゴムや合成樹脂とは思えない。勇気を持って、さらに指を押し込むと、先端が頬骨に当たった。

作り物じゃない。

シュンは素早く腕を引っ込めると、背後へ大きく飛びのいた。壁に背中を強く打ちつけ、一瞬息ができなくなる。ひろしが驚いた様子でこちらを見た。

壁に背中を押しつけたまま、もう一度たけしの頭部を見やる。

金に脱色された髪は、根もと部分だけが一様に黒くなっていた。額にはニキビの痕《あと》が、鼻の下にはうっすらとヒゲが生えている。あまりにもリアルすぎた。これが作り物であるはずがない。

「ねえ……どういうこと？」

震えた声で尋ねる。しかし、ひろしはこちらをじっと見つめるだけで、やはりなにも答えてくれない。

困惑の視線を絡め合ったまま、沈黙の数十秒が過ぎる。

と、誰も触れていないはずなのに、たけしの頭部がわずかに揺れ動いた。

「なに？」

まるで生きているみたいに、生首は細かく震えた。あり得ないことばかりが起こる。悪夢でないとしたら、これは一体なんだというのだ？

ひろし君。君ならわかるでしょう？　死体が動いているのはどうして？　科学的に説明できる現象なの？

彼から納得のいく回答を聞いて安心したかったが、もはやまともに声を出すことさえできない。ガスの漏れるような音だけが喉の奥からこぼれるだけだ。

それまで薄ら笑いを浮かべるように細く開いていたたけしの目が、いきなり右側だけ大きくなった。何事かと腰を浮かした途端、生首から右目がこぼれ落ちる。同時に、どろりとした液体が、ぽっかり空《あ》いた顔のくぼみから流れ出した。

いつの間に忍び込んでいたのか、くぼみの奥から青い鼠が顔を覗かせる。鼠はシュンのほうを見て、きいっと不快な鳴き声をあげた。

「………」

白子に似た肌色の物体を口いっぱいに頬張っている。大きな目を細めて嬉しそうに笑うと、鼠はくちゃくちゃ下品な音を立てながら、その粘々《ねばねば》した物体を咀嚼《そしゃく》し始めた。

それって……まさかたけし君の……。

胃の中身が急速に逆流し、口からあふれ出そうになる。

もうダメだ。耐えられない。

シュンは立ち上がると、すぐさま部屋を飛び出し、廊下を走った。

2

ドアが開いたままとなっていた西の端の部屋へ駆け込み、洗面台に顔を近づける。

冷や汗を流しながら、げえげえうなっていると、すぐ近くで物音がした。

顔を上げ、隣のドアに目をやる。一階と同じ造りになっているのであれば、そこはトイレのはずだ。内側から施錠されているらしく、ドアノブの下には使用中の赤いマークが表示されていた。

耳を澄ませると、ドアの向こうから女性のすすり泣く声が聞こえた。

「……大丈夫？」

ノックして尋ねる。

「誰？」

泣きすぎたせいなのか、ずいぶんとしゃがれてはいたが、その声の持ち主が美香であることは間違いなかった。

「僕……シュンだけど」

そう答えながら、もう一度ノックする。

「やめて！」

精神的にかなりまいっているのか、ヒステリックな声が返ってきた。

「放っておいて！　これ以上、あたしにかまわないで！」

「だけど……」

だからといって、本当にこのまま放っておくわけにもいかないだろう。

たけしが死んだ。何者かに殺されたことは明らかだ。一刻も早くこの屋敷から脱出しなければ、新たな犠牲者が現れるかもしれない。

「あたしは一人でいたいの！　一人が好きなの！　お願いだから、あたしの前から消えて！」

トイレットペーパーでも放り投げたのか、ドアに柔らかいものが当たって落ちた。

そこまで拒絶されては、どうすることもできない。これ以上、下手に刺激しても逆効果だ。たけしが死んだことも、今はまだ黙っておいたほうがいいだろう。

早々にトイレへ駆け込んだ美香を、少々羨ましく感じた。彼女はかじられた肉片も、変わり果てたたけしの姿もまだ見ていない。

いったん目にした凄惨《せいさん》な光景は、まぶたの裏側にしっかりと焼きついたまま、二度と消えることがなかった。目を閉じれば、すぐにあのときの地獄絵図がよみがえってくる。今後、ベッドに入った直後は必ず、たけしの姿を思い出してうなされることになるだろう。授業中の居眠りにも注意が必要だ。とはいえ、それらはすべて日常が戻ってきたらの話。まずは、ここから脱出しなければならなかった。

美香の説得をあきらめ、洗面所をあとにする。

廊下を進むごとに、再びあの鉄くさいにおいが強くなった。たけしの生首を再び目にすることは避けたかったので、途中で廊下をそれ、階段をゆっくりと下る。

玄関ホールは先ほどまでと変わらず、ひっそり静まり返っていた。入口を確認したが、やはりドアは開かない。

「委員長」

杏奈を呼ぶが、返事はなかった。卓郎同様、彼女も行方不明になったままだ。一階の洗面所とトイレをもう一度調べてみたが、杏奈の行方をたどる痕跡はどこにも残されていなかった。

まさか。

廊下の途中で立ち止まり、宙を仰ぐ。こめかみにイヤな汗が伝った。記憶の底からよみがえりそうになったたけしの姿を慌てて追いやり、荒くなった呼吸を整える。

まさか……委員長もたけし君と同じ目に？

これだけ捜しても見つからないのだ。その可能性もゼロとはいえない。

落ち着け、落ち着け、落ち着け。

胸もとをつかみ、繰り返しいい聞かせる。

冷静になって考えてみよう。たけし君は一体、誰に殺されたんだ？

青い肌の怪物なんてものは実在しない。あれはシュンの作ったゲームにだけ登場する想像の産物だ。シュンが見かけた大男は、卓郎の扮装だったのだろう。

となると俄然、怪しくなるのは卓郎だ。たけしを殺したのは卓郎だったのか？

考えられない話ではない。人の命をなんとも思わない男である。実際、シュンだって彼に殺されかけたではないか。学校の三階から飛び降りることを強要され、シュンはその言葉に従った。打ちどころが悪ければ、死んでいたかもしれない。たとえそのような結果になったとしても、卓郎は笑っていただろう。彼なら、遺体をバラバラに切り裂くことだって平然とやってのけるに違いない。

それが真実だとしたら、動機はなんだ？

単なる興味本位？　いつもと同じように、実験と称して首をもいだのか？　でも、それならたけしではなくシュンを実験材料にするはずだ。もっと、べつの動機があるように思えてならない。

「……あ」

ある事実に気がつき、シュンは声をあげた。

——ゴメン、直樹。許して……許してよ。オレはやめたほうがいいっていったんだ。だけど……だけど卓郎君が……。

クローゼットの中にうずくまったまま、半狂乱で泣き叫んだたけしに、美香が放った冷たいひとこと。

いわよ。

――あんた、いいの？　それ以上しゃべったら、卓郎に殺されちゃうかもしれないわよ。

あいつ、ジェイルハウスの亡霊にとり憑かれて、呪い殺されたんだって。

クラスメイトの間でまことしやかに語られた直樹の死に関する噂。事故直前、ジェイルハウスから飛び出してくる彼の姿をたけしが目撃し、このような話が広まったのだという。

だが、たけしの話はすべて嘘。事実は違っていた。卓郎に命じられるがまま、トラックの前へと飛び出した直樹。卓郎は普段と変わらぬ実験のつもりで、トラックに飛び込んでみろと安易に命令したのだろう。

しかし、事態は彼が想像していた以上にひどいものとなった。死者七人の大惨事。その事故に自分が関わっていたことがばれてはまずい。だから、たけしに嘘の証言をさせたのだ。結果、卓郎が疑われることは一度もなかった。

とはいえ、卓郎にとって、口の軽いたけしは大きな不安要素となる。

――オレが直樹を見かけたっていうのは全部嘘。全部、卓郎君に頼まれてやったことなんだ。

うっかり真相をしゃべらないとも限らない。事実、たけしは玄関ホールで口を滑らせかけて、卓郎に睨まれていたではないか。

敵意に満ちた卓郎の視線を思い出す。

このまま、たけしを生かしておくのはまずい。ひと思いに殺してしまおうか。

卓郎がそんなふうに考えたとしても、べつに驚きはしなかった。

ジェイルハウスにひそむ亡霊の仕業に見せかけて、たけしを殺害する。証人はシュンたちだ。化け物に襲われましたと全員が証言すれば、本当に怪物がいたとは考えないまでも、それらしき格好をした変質者に襲われたのだと、警察は解釈するに違いない。

この屋敷へやって来て以降、次から次へと不可解なことが起こったが、すべて卓郎の仕業だと考えれば、すべての事柄に一応の説明がつく。真相はもはやこれしかないように思えた。

ということは……。

「委員長が危ない」

シュンはそう呟いた。

杏奈は、昨年の事故に卓郎が関わっていたことを知っている。卓郎のせいで両親まで殺されたのだから、彼を目の前にして黙っていることなどできないだろう。

もし、杏奈が卓郎を糾弾したら？

卓郎のことだ。たけしのときと同じように、彼女の口までもふさごうとするに違いない。

委員長はどこにいる？　すぐに見つけ出さなければ。

シュンはすぐ近くにあったドアノブをつかみ、力いっぱい引っ張った。が、施錠されているらしく開けることはできない。

ドアには〈α〉と刻まれたパネルが貼りつけてある。ギリシャ文字のアルファだ。各部屋のドアには、ギリシャ文字がひとつずつ表示されていた。アルファベットのPと勘違いしたのは、ギリシャ文字の〈ρ〉――ロー。たけしの生首が転がる部屋に描かれていた下駄のような図形は〈π〉――パイだ。次のドアに移動すると、そこには〈θ〉――ギリシャ文字のシータが刻まれている。これもまた、シュンのゲームに登場する設定だった。

どうしてそんなことまで忘れていたのか、不思議でならない。脳みその表面には、まだぼんやりと薄い霞《かすみ》のようなものがかかっていた。頭がどうかなってしまったのだろうか？　ほかにもまだ思い出せないことがあるような気がして不安になる。

ほとんどのドアは施錠されていて、開けることができなかった。たまにロックされていないドアがあっても、室内に誰かがいる気配はない。

南面の廊下に並ぶすべてのドアを調べ終えたところで、玄関ホール前を通過して、今度は北面を調べ始める。

甲冑の前を左に折れ曲がると、畳の敷かれた大部屋が広がっていた。畳の上には、卓郎が持ち込んだ台車が横倒しで放り出されている。積まれていた段ボール箱はどこにも見当たらなかった。

和室の奥には鶴の絵が描かれた襖《ふすま》が見える。その先にまだ部屋がありそうだ。シユンのゲームでは、その襖の先に地下室へ通じる階段が隠されていた。

靴のまま和室に上がり込んだ卓郎の話を美香がしていたことを思い出し、シュンはためらいながらも、土足のまま畳を踏みつけた。そのまままっすぐ和室を横切り、襖を開ける。

「……嘘だろう？」

思わず声が漏れた。目の前の光景に、目を疑う。

襖の向こう側には、薄暗い空間が広がっていた。天井も壁も床も、すべてむき出しのコンクリートで造られている。

見るからに寒そうなその部屋の中央には正方形の穴が開き、そこから地下へと続く階段が延びていた。

3

「誰だ?」

地下から卓郎の声が響いた。

和室から漏れた明かりで、こちらの存在に気づいたのだろう。階段の先は暗く、シュンのほうから卓郎の姿を見つけることは、まったくできそうにない。

「あ……あ……」

彼の声を聞いた途端、シュンはなにもしゃべれなくなってしまった。たけしをあんなふうにむごたらしく殺害した男だとわかったからにはなおさらだ。踵《きびす》を返し、その場から逃げ出す。

「おい、待て」

階段を駆け上る音が聞こえた。捕まったら最後、自分もたけしのように殺されてしまうだろう。右目のこぼれ落ちたたけしの凄惨な姿を思い出す。

イヤだ。あんなふうにはなりたくない。

全力で和室を飛び出し、廊下を駆け抜けて階段を上がった。スポーツはあまり得意ではない。いつもパソコンに向かってばかりいるので、体力も衰え気味だ。足がもつれ、心臓は喉から飛び出しそうになったが、しかし立ち止まるわけにはいかなかった。

二階の廊下には、ふさがれた窓にもたれかかるようにして美香が立っていた。血相を変えて階段を駆け上ってきたシュンのほうを向いて、ぎょっと目をむく。いつもは血色のよい肌も、今はくすんだ土色だ。まぶたは紫色に腫れあがり、自慢の髪も激しく乱れていた。

美香の前を通り過ぎ、たけしの生首が転がる部屋へと飛び込む。地獄絵図の広がる現場には二度と近づきたくなかったが、だからといって、卓郎にむざむざ殺されるのはもっと我慢ならない。

室内には先ほどまでとまったく同じ姿勢で、ひろしがしゃがみ込んでいた。このにおいが気にならないのか、いや、それ以前に人の生首に恐怖を抱かないのか、真剣なまなざしで数十分前までたけしだったものを観察している。

遺体が視界に入らないよう目をそらしながら、シュンはひろしの背中へと回り込んだ。開いたドアの向こう側には美香が立っている。いくら卓郎でも、これだけ人目のある場所で、いきなり襲いかかってきたりはしないだろう。

「なんだよ、このにおいは？」

部屋の外から卓郎の声が聞こえた。

「おい。さっき、和室の襖を開けたのはおまえか？」

美香に向かって尋ねているようだ。

「はあ？　なにいってるの？　あたしはさっきまでずっとトイレにいたわ」

うんざりしたような口調で彼女は答えた。

「本当か？　嘘をついたってすぐにばれるぞ」

「なによ、怖い顔して。和室でなにかヤバいことでもやってたわけ？」

美香の発言に一瞬、卓郎は声を詰まらせた。その沈黙は、認めたも同然だ。地下室で、彼はなにをやっていたのだろう？　もしや、そこに杏奈が――。

「じゃあ、俺の前に、誰かがここへ来なかったか？」

シュンは息を呑んだ。まずい。このままではばれてしまう、と顔をしかめたが、

「誰も来てないけど」

事情を察してくれたのか、美香はぶっきらぼうにいった。

「本当だな？」

「こんな状況で、嘘なんかつかないってば」

彼女にきっぱりいわれて納得したのだろう。卓郎がそれ以上、和室から逃げ出した人影について追及することはなかった。

「美香、おまえはここでなにをやってる？」

「ずっとトイレに隠れていようかと思ったけど、一人きりでいるのはやっぱり不安

だから戻ってきたの。そうしたら、たけしが――」

　美香が室内を指差す。

「たけし？」

　足音が聞こえ、ドアの向こうから卓郎が顔を出した。シュンはひろしの背中にしがみつく。その程度のことで身を隠せるはずはなかったが、反射的に身体が動いてしまったのだから仕方がない。

「うわっ。おい、なんだよ、これ？」

　強烈な悪臭に耐えられなくなったのか、鼻をつまみながら卓郎が尋ねた。

「たけし君の頭です。右目はマウスが持っていってしまいました」

　たいしたものではない、とでもいいたげな口調でひろしは答えた。

「……死んでるのか？」

「この状態で生命力を保つのは、相当難しいと思いますが」

「身体はどこだ？」

「わかりません。左脚の脛から下と思《おぼ》しき箇所は見つかりましたが、それ以外の部分は少なくともこの部屋の中には見当たらないようです」

「ちょ、ちょっと待ってくれ。一体、どういうことだよ？　わけがわからない。最初から説明してくれ」

卓郎は動揺しているように見えた。シュンは首をひねる。たけしを殺したのは彼ではなかったのだろうか？　それともすべて演技？　だとしたら、たいしたものだ。

「最初からといわれても、僕たちだって、ほとんどなにもわかっていない状況ですから、説明のしようがありません」

ひろしは抑揚なく答えた。

「そもそも、あなたは今までなにをやってたわけ？」

美香が声を荒らげる。

「このお屋敷にみんなを連れてきたのは卓郎でしょ？　あたしたちがこんな恐ろしい目に遭ってるっていうのに、あなたは今までどこでなにをしてたのよ？」

よくぞ訊いてくれた、と心の中で美香に拍手を送る。それこそシュンが一番知りたいことだった。

「俺は……荷物を運んでたんだよ」

口を尖らせ、卓郎は答えた。

「荷物？」

「台車に積んできた段ボール箱。おまえら全員、いつの間にかいなくなっちまうし、だから一人で地下室へ運び込んだんだ」

そう口にした彼の目がわずかに泳いだのを、シュンは見逃さなかった。卓郎はなにかを隠している。おそらくその秘密が地下室にあるのだろう。

「そんなことより、たけしになにがあったんだ？　どうして頭だけなんだ？　ほかの部分はどこへやった？」

唾を飛ばし、頭を掻きむしりながら、卓郎は誰にともなく尋ねた。常にへアスタイルを気にしている彼にしては、珍しい行動だ。それだけ混乱しているということなのだろう。

「左脚ならマウスが運んでいきました」

卓郎とは違い、どこまでも冷静なひろしが答える。

「マウスって鼠か？　脚をどこかへ運んでいけるほど大きな鼠だったのか？」

「大きいかと問われれば……その答えはマウスの種類にもよりますね。ネズミ亜目にはビーバーなども含まれますから。狭義のネズミ亜目に限るのであれば、スナネズミよりは大きくクマネズミよりは小さい――平均すれば体長二十センチほどだったのではないでしょうか。あ。この場合の長さに尻尾は含まれず――」

「とにかく、たくさんいたの」

そのままひろしに任せておいたのでは、鼠に関する講義が始まってしまうと危惧《きぐ》したのだろう。途中で、美香が口をはさんだ。

「ひろしの話だと、百匹以上はいたみたい。それだけいたら、たぶんどんなものだって運べちゃうんじゃない？」

その様を想像してしまったのか、彼女はますます顔色を悪くし、喉もとを押さえた。

「たけしはたくさんの鼠に襲われて、だからこんなふうにバラバラにされちまったっていうのか？」

「いいえ、違います」

生首の切断部を指し示し、ひろしは続ける。

「もし、そうであるなら、遺体の切断面には細かい歯型がいくつも残っているはずです。でも、そんなものはいっさい見つかりませんでした」

「だったら、たけしはどうしてこんなふうになったんだ？」

「僕も疑問に思ったので、遺体を細かく調べてみました」

「人間の生態には興味なかったんじゃねえのか？」

「興味が持てないのは、生きている人間に対してだけです。死んでしまったら、ほかの動物となんら変わりありませんから」

ひろしは唇の端をかすかにつり上げた。

「たけし君の頭部を調べてみたところ、首の周りの皮膚や筋肉がすべて、同じ方向にねじ切られていました。まるで、強力な力で引きちぎられたみたいに」

「首を引きちぎる？　なんだ、そりゃ」

　卓郎は鼻を鳴らして笑った。

「この屋敷には怪力男でも棲みついてるっていうのか？」

「そうよ。青い肌の巨人がいるの！」

　美香がかすれた声で叫ぶ。

「はあ？　なにいってるんだ、おまえ。寝ぼけてるのか？」

「卓郎は見てないの？　ああ。だから、そんなにも呑気でいられるのね。この屋敷には化け物がいるんだってば」

「化け物って……車椅子の女か？　もし、本当にいたとしても、そんなのちっとも怖くねえよ。俺がやっつけて——」

「違う！　そんなんじゃない！　ここにいるのは直樹よ！　あいつがたけしを殺したの！」

　トラックに撥ねられて死んだクラスメイトの名前を美香が口にした途端、卓郎の表情は変わった。

「全部、直樹の仕業よ。これはあいつの復讐なの。卓郎、早くここから逃げないと、あなたも殺されるわよ」

「ふざけるな。どうして、俺があいつに恨まれなくちゃならねえんだ？」

「とぼけないで！　あたしがなんにも知らないとでも思ってるの？　おしゃべりなたけしが、誰にも話さずにいられるわけないじゃない！」

「おい、黙れ。美香」

卓郎は美香の肩に手を伸ばすと、廊下の壁に彼女を無理やり押しつけた。

「それ以上口にしたら――」

「卓郎のことが心配だからいってるの。お願い、信じて。これは全部、直樹のやったこと。次は卓郎が殺されちゃうわ。だから、早くここから逃げないと」

「直樹の亡霊？　面白《おもしれ》えじゃねえか。もし、本当にいるなら俺がやっつけてやるよ。あんな奴に負けるわけがねえんだからな」

「ダメ。絶対に勝てない。だから謝って」

「どうして、この俺があんな野郎に謝らなくちゃならねえんだよ？」

「だって、あなたが命令したんでしょう？　度胸試しだ、トラックの前を一気に駆け抜けてみろ、うまくいったらもういじめたりしないって。だから、あんなことに――」

鈍い音がした。美香が床に倒れる。彼女の頬は赤く腫れ、口の端からひとすじの血がしたたり落ちた。

拳を握り締めたまま、美香を見下ろす卓郎。怒りに満ちたその表情に、周囲の空気は凍りついた。それまで熱心に遺体を観察し続けていたひろしまでもが、異様な事態に顔を上げ、二人のほうへと目を向ける。

シュンは呼吸することさえ忘れ、ただ呆然と二人の成り行きを見つめ続けた。

「……サイテー」

美香が呟く。口から流れる血を拭おうともせず、ゆっくりと立ち上がった。

「もしかして、あなたがたけしを殺したんじゃないの？　直樹のことをばらされるのが怖くって」

「黙れ。それ以上、調子に乗ると、本当に殺すぞ」

地獄の底から響いてくるような低く野太い声に、シュンは息を呑んだ。

だが、美香も負けていない。

「ほら、本音がこぼれた。卓郎――あなた、絶対におかしいわよ。実験と称して、あなた人の肌を焼いたり、首を絞めてみたり。直樹だって、今度の転校生だって、あなたと同じ人間なのよ。トンボやカエルとは違うってことがわかってないんじゃない？」

彼女の口から突然、自分の話題が出たことにシュンは面食らった。

「人を人とも思っていないあなたなら、ためらうことなく人の首をひねり折ることだってできたんじゃないの？」

「おまえ……いい加減、口を閉じないと……」

卓郎の声は怒りで震えていた。シュンに背を向けていたので表情まではわからなかったが、おそらく鬼のような形相を浮かべているに違いない。

「あたしを殺す？」

美香は挑発的な視線を、彼に注いだ。

「悪いけど、あたしはあなたにも直樹にも殺されたりしない。なんとしてもここから脱出してやるわ。このお屋敷を出たら、すぐに警察へ駆け込んで、あなたがこれまでにやってきたことを、なにもかもぶちまけてやるんだから。覚悟しておいてね」

そんな捨て台詞を残し、卓郎に背を向ける。

「おい、待て」

肩に手をかけようと卓郎が歩を進めた途端、

「さわらないで！」

美香は悲鳴に近い叫び声をあげた。さすがの卓郎も動転したらしい。彼が動きを止めた一瞬の隙をついて、彼女は勢いよく廊下を駆け出していた。

「待てってば」

すぐさま、卓郎があとを追いかける。二人の足音はすぐに聞こえなくなってしまった。

大変だ。このままでは、美香まで殺されてしまう。

シュンは焦った。

「ねえ。どうすればいい？」

ひろしに声をかけたが、彼は再び遺体に視線を落とし、なにやら難しい表情を浮かべている。

「ねえ。ひろし君ってば」

いったん集中すると、周りのものはいっさい目に入らなくなるのか、彼からの返事はなかった。

「こめかみ上部――右側頭骨がわずかに砕けていますね。その破片が脳梁近くに張りついています。ぶつけただけでは、このようにならないでしょう」

ぽっかりと開いた眼窩《がんか》の奥を覗き込みながら、ひろしはぶつぶつとひとりごとを呟く。

「こめかみに棒状のものを押しつけたようにも見えますが、よほどの力を加えなければ、こんなふうには……」

両手でたけしの頭をつかんだまま、いつまでもしゃべり続ける彼に、シュンは初めて恐怖の念を抱いた。まともな神経で、そんなことができるとは思えない。変わり果てたたけしに向けられたひろしのまなざしは、青いバッタや鼠を興味深げに眺めていたときのそれと、なんら変わりなかった。

——人間の生態にはまったく興味がありませんので。

ひろしの言葉を思い出す。

——興味が持てないのは、生きている人間に対してだけです。死んでしまったら、ほかの動物となんら変わりありませんから。

突然、寒気を覚えた。

——人を人とも思っていないあなたなら、ためらうことなく人の首をひねり折ることだってできたんじゃないの？

美香が卓郎に吐いたひとこと。それはそのまま、ひろしにも当てはまるのではないだろうか？

「僕……もう行かなくっちゃ」

シュンは立ち上がると、物音を立てないよう気をつけながら、足早に部屋を出た。

ドアの前で立ち止まり、室内のひろしを振り返る。

彼は生首に視線を落としたまま、こちらには目もくれようとしなかった。

第10章
鬼気
—危機—

きき【鬼気】身の毛のよだつような恐ろしい気配。

1

逃げ出すように部屋を離れ、廊下を歩いていると、階下から卓郎と美香のがなり声が届いた。

「チクショー、ダメだ。何度やっても開かねえ」

「ん、もう！　あたしは早くおうちに帰りたいのに！　お腹を空かせたハートが待ってるんだから。あの子が餓死したら、あなたのせいだからね。卓郎、全部あなたが悪いのよ！　あなたが！」

「痛《いて》っ。殴るな、おい。こら、落ち着けって、馬鹿」

玄関のドアが開かないことに、二人ともかなり苛立っている様子だが、喧嘩をしているというよりはむしろ、ヒステリックに泣き叫ぶ美香を卓郎がなだめにかかっているように聞こえる。美香が殺されるかもしれないと考えたのは、どうやらシュンの杞憂《きゆう》だったらしい。

とりあえずは放っておいても大丈夫だろう。シュンが二人の間に割って入ったところで、なにかできるわけでもない。これ以上、よけいないざこざに巻き込まれるのはゴメンだ。シュンは視線を上げ、上の階へ進むことを決めた。

三階はまだ調べていない。窓から脱出できる可能性だって少しは残っているだろう。幸いにも、高い場所からの飛び降りはすでに経験済みである。また足首を痛めるかもしれないが、鼠の餌になるよりはずっとマシだった。

足音を立てぬよう気をつけながら、シュンは三階へと急いだ。階段を上がりながら、たけしを殺した犯人について考える。

卓郎しかあり得ない、とつい先ほどまでは思っていた。あんな恐ろしいことができるのは彼だけだろうし、動機だって存在する。青い怪物の犯行に見せかけようと企んだのであれば、それが実際に可能な人物はシュンのゲームをプレイした者だけだ。

しかし、たけしの生首を目にしたとき、卓郎は本気で驚いていた――少なくとも、シュンの目にはそう映った。あれが演技だったとはどうしても思えない。

もしかして、卓郎君は犯人じゃない？

そう考えたときに浮上した新たな容疑者はひろしだった。

いつもポーカーフェイスを気どっている彼の表情を読み取るのはひじょうに難しい。いや、クラスメイトの遺体を見つけたときも、まるで取り乱す様子がなかったこと自体、おかしいではないか。

シュンの作ったゲームに詳しいことも、ひろしを疑う要因のひとつだった。動機まではわからないが、面白半分でクラスメイトを殺してしまう男が現実に存在するくらいなのだから、どんなささいないざこざであっても理由にはなるだろう。

三階へとやって来る。

このフロアの構造も、一階、二階とほとんど変わりなかった。そのあたりもシュンのゲームと同じだ。

まず、窓を調べる。かすかな期待を抱いてみたものの、窓にはやはり分厚い板が打ちつけられていた。太い釘でがっちりと固定されているため、簡単にははがせそうにない。

次に、目についたドアから順番に引っ張って、施錠されているかどうかを確認していく。

二つめのノブに手ごたえがあった。ノブをひねり、おそるおそる中を覗き込む。カラフルな壁紙と原色のインテリア。それまでに見た落ち着いた感じの空間とは、ずいぶんと趣《おもむき》が異なっていた。

わずかに開けたドアの隙間に顔だけを突っ込み、室内の様子を探る。なぜか胸が懐かしい気持ちに包まれた。

小さい子供に人気のアニメキャラがプリントされたカーペット。子供用の小さなベッドにも、部屋の隅に置かれたクリアボックスにも、やはり同じキャラが描かれている。壁際には背の高い本棚が、奥には勉強机が据えつけられていた。

　どうやら、ここは子供部屋らしい。なぜか懐かしさを覚え、胸の奥が奇妙にうずく。

三階の南面廊下。西の端から数えて二番目のドア。確か、ゲームでも同じ位置に子供部屋があったと記憶している。

　誰もいないことを確認して、シュンは室内へと足を踏み入れた。この部屋もつい最近掃除されたばかりなのか、塵ひとつ落ちていない。ベッドの上の布団に触れてみる。それは干し立てのように柔らかかった。

　この屋敷には昔、車椅子に乗った女の子が住んでいたという。その子の部屋なのだろうか？　いや、脚が悪かったのであれば、三階に部屋があるのはおかしい。

　本棚を確認すると、昔懐かしい漫画本が几帳面《きちょうめん》に巻数順で並んでいた。どれもシュンが、小学生の頃によく読んだ作品ばかりだ。その下には小学生用の学習図鑑、偉人たちの伝記小説、さらにゲーム雑誌などが押し込まれている。

　雑誌を一冊抜き取り、表紙を確認する。五年前に発行されたものだ。おかしい。二十年近く誰も住んでいないという話と矛盾する。

　シュンは首を傾げながら、何気なく雑誌のページをめくった。当時、小学生の間で大流行したアドベンチャーゲームの攻略コーナーで手が止まる。何度も繰り返し見たのだろう。そのページだけが手垢でひどく汚れていた。

そういえば、僕も夢中になったっけ。

最終ステージのボスキャラを倒せる武器は〈プラチナの剣〉だけで、それを手に入れるためには毎回変化する暗号を解かなければならなかった。これは相当に面倒な作業で、暗号表が掲載された雑誌を片時も手放せなかったことを、懐かしく思い返す。

シュンが開いたページからも、暗号を解読するための書き込みがいくつか見つかった。

そうそう——僕もこうやって、必死で暗号を解いていったっけ。

ナメクジが這いずったあとに似た弱々しい筆跡の文字を指でなぞり、シュンは息を止めた。

弱い筆圧。角ばった文字。シュンの筆跡によく似ている。いや、そっくりだ。全体的に右上がりになる癖も、シュンと変わりなかった。

これって……もしかして、僕の雑誌？

顔を上げ、もう一度本棚を確認する。何冊か記憶にないものもあったが、ほとんどは実際にシュンが所有していた本ばかりだ。

よく見てみると、本棚そのものにも覚えがあった。側面にはアニメキャラのシールが貼りつけてある。カッターナイフの傷は、小学六年生のときに身長を測ろうとつけたものだ。

間違いない。

その本棚は、小学生の頃にシュンが使っていたものだった。

「どうして、こんなところに?」

本棚の傷に触れながら、シュンは呟いた。わけがわからない。この町へ引っ越してくるとき、家具類はすべて処分したはずだ。本棚も勉強机もベッドも……。

どくん、と大きな音を立てて心臓が跳ね上がった。唾を飲み込み、周囲に視線を移す。ベッドにも机にもカーペットにも見覚えがあった。全部、自分のものだ。この部屋へ足を踏み入れたとき、懐かしさを感じたのも当然だった。

持っていた雑誌が床にこぼれ落ちる。机のそばに駆け寄り、一番上の引き出しを開けてみた。無造作に放り込まれた文房具はどれも、小学生の頃にシュンが使っていたものと寸分変わりない。

上から二番目の引き出しには、プリント類が詰まっていた。その一枚を手に取る。それは漢字のテストだった。点数の横にはシュンの名前が、彼の筆跡で記されている。

「これってなに?　誰の悪戯《いたずら》なの?」

そう尋ねるが、答えてくれる者はいない。

さらに引き出しを探ると、愛用していたトランプの陰に隠れ、見慣れぬものが入っていた。引っ張り出して確認する。真鍮製の古めかしい鍵だ。キーリングの先には木製の札がぶら下がっていて、〈σ〉と刻まれている。

すぐにギリシャ文字のシグマだとわかった。おそらく、この鍵を使うことで屋敷内のどこかの部屋のドアを開けることができるのだろう。

「どうして……」

そう呟くことしかできない。シュンはひどく混乱していた。彼の作ったゲームでも、子供部屋から鍵が見つかることになっている。その鍵を使えば、同じフロアにある書斎のドアを開けることができるのだ。

誰がなにを目的としているかはさっぱりわからない。どこまでゲームに似せてあるのかも不明だが、こうなったら試してみるしかないだろう。

シュンは鍵を握りしめると、部屋を出た。

と、それに同調するかのように隣の部屋のドアが開き、小柄な人影が姿を現した。

「……シュン君」

こちらを振り返った人影が、驚きの声を漏らす。

ずいぶんとやつれた表情をしていたが、それは杏奈に間違いなかった。

2

「無事でよかった」

　ひさしぶりの再会に、シュンはほっと胸を撫で下ろした。実際には、玄関ホールで杏奈と別れてから、まだ一時間ほどしか経っていないが、もう何日も会っていなかったような気分にさせられる。

　彼女の全身に素早く目を走らせたが、怪我《けが》はしていないようだ。怯えた表情を貼りつけていたが、それは仕方のないことだろう。みんなとはぐれ、たった一人でこの屋敷をさまよっていたのだから、想像を絶する恐怖に何度も押しつぶされそうになったに違いない。

「今までどこにいたの？　心配したんだよ」

　そういって、杏奈に歩み寄る。彼女を安心させようと、めいっぱいの笑みを浮かべてみた。

　が、なぜか彼女はシュンの動きに合わせて一歩後ずさった。

「……委員長？」

　気のせいかと思い、シュンはさらに歩を進めたが、やはり杏奈との距離は縮まらない。

怪訝に思い、彼女の表情を確認する。杏奈は怯えたような視線をシュンに向けたまま、幼い子供が駄々でもこねるみたいに首を横に振った。

「近づかないで」

意外なひとことが、彼女の口から飛び出す。

「……え？」

「近づかないでっていってるの！」

杏奈は声を荒らげた。畏怖《いふ》の視線が、まっすぐシュンに向けられる。

「どうして？」

そう訊かずにはいられなかった。

「なんで、そんな顔をするの？」

あまりにも恐ろしい目に遭ったことで、正常な判断ができなくなっているのかもしれない。彼女を刺激せぬよう、シュンはできるだけ穏やかな口調を心がけた。

「落ち着いて聞いてくれるかな。早くここから脱出しなくちゃいけない。大変なことになっているんだ」

「知ってる。下の階でたけし君を見つけたから」

悲惨な光景を思い出したのか、杏奈は眉をひそめ、苦しそうな表情を浮かべた。

「どうして……」

唇を震わせながら、まっすぐシュンを見つめる。

「どうして、あんなことをしたの？」

「え――」

彼女の予期せぬ発言に、シュンは言葉を失った。

「みんなのことを恨んでいたのはわかるよ。シュン君がいじめられていることを知っていながら、なにもしてあげられなかった私も同罪だと思う。だけど……あそこまでする必要があった？　ねえ。私もあんなふうに殺すつもりなの？」

しゃべるうちに、次第に興奮していったらしい。最後はほとんど叫び声に近かった。

「ちょ、ちょっと待って」

こちらを睨み続ける彼女に戸惑いつつ、シュンは次の言葉を探した。

「なにをいってるかわからないよ。もしかして……委員長は僕がたけし君を殺したと思ってるわけ？」

「だって、そうとしか考えられないでしょ？」

杏奈は金切り声をあげた。

「委員長がなにをいっているのか、僕には全然理解できないんだけど」

「とぼけないで！　こんなことはもうやめてくれる？　すぐに私たちをここから出

してよ！」

豹変した杏奈に、シュンはただ戸惑うしかなかった。

彼女のブラウスのポケットから、小さな柴犬が顔を覗かせる。

――このキーホルダー、シュン君にそっくりだったから思わず買っちゃった。二個でワンセットだったから、一個はシュン君にあげるね。

てっきり、好意を持ってくれているのだと思っていた。それが今はどうだ？

――私たち、似た者同士だね。

そういって微笑んでくれた彼女は、どこへ行ってしまったのだろう？

「僕はなんにもしていない。誤解だよ。どうして、そんな勘違いをしたのか教えてもらえる？　ちゃんと納得のいくように説明するからさ」

「段ボール箱」

ぼそりと彼女は答えた。

「え？」

「卓郎君が運び込んだ段ボール箱の中身を見たの。なにが入ってるか、ずっと気になっていたから」

「……なにが入っていたの？」

「とぼけないで。なにもかも知っているくせに」

「僕はなにも知らないよ。どうして、そう思うのさ？」

「だって、箱の中にはあなたの――」

そこで杏奈の言葉は途切れた。こぼれ落ちんばかりに目を見開き、シュンのほうを凝視する。いや、違う。彼女が見ていたのはシュンの背後だった。

「イヤ……もうイヤだ……」

杏奈の全身ががくがくと震え始める。

「なに？　どうしたの？」

彼女の視線を追い、シュンは後ろを振り返った。

突き当たりのドアが開き、そこから太い腕がにゅっと伸びた。異常なほどに筋肉の盛り上がったそれは、ペンキでも塗りつけたように青く彩《いろど》られている。

「……嘘だろう？」

想像を絶する光景に、シュンはただ愕然《がくぜん》とたたずむしかなかった。

青く巨大な生き物が、腰を屈めた状態で窮屈そうに部屋から出てくる。そいつは廊下で腰を伸ばすと、ゆるやかに顔をこちらへ向けた。

青い肌の大男は、二階の寝室で見かけた鼠と同じように、頭だけがやたらと大きく、ひどく不格好な様相をしていた。二本足で立っているが、頭が重いのか、やや猫背気味だ。その不気味な姿を見て、シュンが真っ先に想像したのは、世界史の教科書で目にしたアウストラロピテクスだった。

顔の上半分を覆ってしまいそうなほどの巨大な目が、こちらを睨みつけてくる。あまりにもおぞましいその姿に、シュンは軽いめまいを覚えた。

においを確認したのだろうか、鷲鼻《わしばな》をひくひくと動かし、大男は——いや、この世のものとは到底思えぬ怪物はにたりと笑った。

「いやあああああっ！」

恐怖に耐えられなくなったのか、甲高い悲鳴をあげて杏奈が走り出す。それが合図であったかのように、怪物はゆっくりと歩き始めた。

緩慢な動作に見えるのだが、移動するスピードは驚くほど速い。高速で動くムービングベルトの上を歩いているかのような動きで、シュンのすぐ横を通り過ぎていく。

彼のほうには目もくれず、巨大な怪物は杏奈のあとを追いかけた。二人の距離が見る見るうちに縮まっていく。

東の端まで走りきった杏奈は、廊下の突き当たりにあるドアを敏捷《びんしょう》に開けようとした。が、施錠されているのか、ドアは開かないようだ。

迫る巨人。ドアにぴたりと背をつけた杏奈の表情が、恐怖にひきつる。

怪物の大きな背中が、杏奈の姿を覆い隠した。続いて聞こえたなにかのひしゃげる音。怪物の向こう側で赤い液体が勢いよく弾け飛んだ。
静まり返った屋敷内に、くちゃくちゃと下品な咀嚼音だけが響き渡る。
丸めた背中をこちらに向け、怪物は一心不乱になにかを食べていた。
「……委員長？」
弱々しい声で彼女を呼ぶ。だが、返事はない。
「やめろ……やめてくれ……」
喉の奥からかすれた声が漏れた。
委員長が……死んでしまう。
――困ったことがあったら、なんでも私に訊いてね。
転校してきたばかりで不安に包まれていたシュンを、優しく迎えてくれた杏奈。
――シュン君って笑うと、柴犬みたいな目になるんだね。可愛い。
見ているだけで幸せになれた彼女の笑顔。
――私たち、似た者同士だね。
これから、もっともっと親しくなれると思っていたのに……。
「やめろおおおっ！」
もう手遅れだとわかっていたが、それでもシュンの身体は自然に動き出していた。

廊下を全力で駆け抜け、怪物の背中に飛びかかる。

だが、ただでさえ非力なシュンが異形の巨人になどかなうはずもない。すぐに振り飛ばされてしまった。

したたかに背中をぶつけ、一瞬息ができなくなる。痛みに顔をしかめながら身体を起こすと、目の前には怪物が立ちはだかり、じっとシュンのほうを見下ろしていた。

このままでは、僕も殺されてしまう。

シュンは弾かれたように立ち上がると、踵を返し、強く床を蹴りつけた。

後ろを振り返る余裕などない。怪物が追いかけてくることは、気配で察することができた。

来る。奴が来る。

大きく口を開け、懸命に酸素を取り込みながら、とにかく走り続ける。

人を食らう化け物。捕まったらオシマイだ。

怪物が出現した突き当たりの部屋へと逃げ込むことはためらわれた。なにが待ち受けているかわからない。だからといって立ち止まれば、杏奈と同じ運命をたどることになってしまう。シュンは子供部屋の隣――先ほどまで杏奈が隠れていた部屋に飛び込んだ。

室内は、大きなカーペットが敷かれているだけで、テーブルもソファも見当たらない。ひどく殺風景だ。部屋の奥には備えつけのクローゼットが置かれていた。

怪物はすぐ間近まで迫っている。こうなったら、クローゼットに隠れるしかないだろう。

迷っている暇はない。シュンは室内を横切ると、すぐさまクローゼットに身をひそめた。内側から扉を閉めると、たけしがそうしていたように、膝を抱えて息を殺す。

……あの怪物はなんだ？　もしかして、たけし君はあいつに殺されたのか？　卓郎君でもひろし君でもなかった？　まさか、ひろし君まで襲われたりはしていないだろうか？

呼吸を整えながら、彼の安否を気づかう。

卓郎君や美香さんは？　彼らのことは苦手だが、だからといって死んでほしいわけじゃない。

それに……委員長。

両手に拳を握り、下唇を強く噛む。

好きだった。憧れだった。少しずつでも仲良くなれることが本当に嬉しかった。

それなのに……それなのに、どうしてこんなことに……。

部屋のドアが軋んだ音を立てて開く。何者かがこちらに近づいてくるのがわかった。

胸の前で両腕を交差させ、懸命に身体の震えを抑える。

来るな、来るな、来るな！

必死でそう祈り続けた。

クローゼットの前で足音が止まる。この世のものとは思えぬ奇妙なうなり声が響き渡った。

もうダメだ。

覚悟を決め、シュンが両目を閉じたそのとき、遠くから壁を蹴りつけるような重く低い音が聞こえた。

第11章
餓鬼
―怪物の正体―

がき【餓鬼】
(1)生前の悪業の報いで、餓鬼道に落ちた亡者。体は痩せ細り、喉は針のように細く、また、手にとった食物が火に変わってしまうため常に飢えに苦しんでいるとされる。
(2)食物に飢えている者。また、貪欲な者。
(3)〔食物をむさぼることから〕（ア）子供を、卑しめて言う語。（イ）俗に、子供の意。

1

……お腹が空いた。

屋敷の入口前で苛立たしげに携帯電話を操作する卓郎をぼんやり眺めながら、美香はここへやって来て何度目かのため息をついた。

階段に腰を下ろし、頭上のシャンデリアを見上げる。卓郎にぶたれた頰は、まだじんとしびれていた。

理不尽な暴力を受けた彼女は、いまだかつて経験したことのない怒りと恐怖からパニックに陥《おちい》り、しばらくの間、玄関ホールで泣きわめいていた。が、どんなことにだってエネルギーは必要だ。すぐに疲れ果て、おとなしくその場に座り込むこととなった。

「チクショー。どうしてダメなんだよ!」

卓郎が玄関のドアを蹴りつける。彼も相当長い間、暴れ回っているはずだが、美香と違って、まだバッテリー切れにはならないようだ。

先ほどからずっと、携帯電話のアドレス帳に登録された番号への連絡を試みているが、電波状況が良好であるにも拘わらず、いまだ誰かに繫がる気配はない。

「いくらやっても無駄よ。直樹が妨害してるんだから」

美香はぼそりと呟いた。

「あたしもあなたも、ここで直樹の亡霊に呪い殺されちゃうんだわ。たけしみたいに身体をバラバラにされて……」

青い怪物に追いかけられたときのことを思い出す。しかし、二階のトイレに隠れて震えていたときと違い、恐怖はほとんど感じていなかった。半狂乱で泣きわめくうち、涙と一緒に大切な感情まで流してしまったらしい。

「やめろ。馬鹿馬鹿しい」

卓郎が怒鳴る。

「亡霊なんているわけねえだろ」

「だったら、たけしは誰に殺されたの？　普通の人間に、あんなひどい殺しかたができると思う？　直樹がやったに決まってるじゃない。あのブルーベリーみたいな色をした大男が直樹なんだってば」

「落ち着け、美香。大男なんてどこにもいねえんだから」

彼は唾をあたりにまき散らしながら叫んだ。

あたしはべつに、取り乱してなんかいない。落ち着かなくちゃいけないのは卓郎――あなたのほうだ。

「……あたしが嘘をついてるっていうの？」

「そうはいってねえよ。たとえば、なにかを見間違えたとか。おまえ、案外そそっかしいからな」

「そんなことない。あたしだけじゃなく、ひろしだってあのお化けを見てるのよ」

「確かに、僕もこの目で見ました」

二階のほうから頼もしい声が聞こえた。振り返ると、ひろしがハンカチで手を拭いながら下りてくる。ハンカチにはところどころ赤い染みが付着していた。

「それって……たけしの血？」

ハンカチを指差して尋ねる。

「ええ、そうですが」

平然とした顔で答えるひろしに、卓郎とは異なる種類の恐れを抱いた。

「おまえも直樹の亡霊を見たって？」

玄関のドアにふてぶてしくもたれかかりながら、卓郎が訊く。

「亡霊？　あれは、そういった類《たぐい》のものではありませんよ。霊や魂などというものは、すべてフィクションの世界の産物。現実には存在しないものです」

美香の横を通り抜けながら、ひろしは素っ気なく答えた。

「そうだよな。そんなものがいるわけねえ」

卓郎は満足そうに頷くと、美香を斜めに見下した。

「学年一の秀才がそういってるんだから間違いねえよな」

普段の彼女なら、卓郎の人を小馬鹿にした物言いに、カチンときて怒鳴っていたかもしれない。だが、不思議と腹は立たなかった。やはり、どこかへ感情を置き忘れてきたのだろう。

「亡霊じゃないとしたら、あたしたちが見たあれはなんだったの？　納得がいくように教えてもらえる？」

美香は声を荒らげることなく、沈着冷静に尋ねた。

「おそらく幻覚だったのでしょう」

間髪を容《い》れず、ひろしが答える。

「幻覚？　あたしもあなたも同じ幻を見たっていうの？　なにそれ？　亡霊のほうが、まだ信憑性《しんぴょうせい》があるんじゃない？」

「美香さん。あなた、この洋館へ入る前、青いバッタに手を嚙まれたと話していませんでしたか？」

唐突にひろしはいった。

「え？　うん。話したけど」

右手に目をやり、頷く。腫れはすっかり治まったが、手の甲にはまだ嚙まれたあとが小さく残っていた。

「実は僕も、同じ虫に額を嚙まれました」

そういって、ひろしはさらさらの前髪をかき上げた。美香の手の甲についた赤い斑点と同じものが、眉のすぐ上から見つかる。

「あの虫がバッタの突然変異したものなのか、未知の新種なのか、そのあたりのことはきちんと調べてみないとわかりませんが、もし体内になんらかの毒素を持っていたとしたらどうでしょう？　僕も美香さんもあの虫から毒素を注入され、それが原因で幻覚を見ているのかもしれません」

「幻覚？　あれが幻覚だったっていうの？」

美香は激しくかぶりを振った。

「二人とも同じ幻覚を見たわけ？　あり得ないでしょ、そんなこと」

「複数の者が、同一の環境で同じ心理状態に陥った場合、ひじょうに似通った幻覚に襲われることは心理学的にも証明されています。幽霊や妖怪などは、まさにその共同幻想から生まれたものなわけですし」

「だったら、たけしはどうして死んだの？　あのお化けが幻覚だったなら、人を殺したりはできないはずでしょ？」

「たけし君もまた、僕たちと同じ毒に侵されていたのではないでしょうか？　麻薬常習者が幻覚に怯え、自傷行為に及ぶことは決して珍しくありません」

「自分で自分の腕や首を切り落としたっていうの？　それこそ、あなたがよく口にする非科学的ってヤツなんじゃない？　絶対にあり得ないわ」

たいしておかしいわけでもないのに、なぜか笑いがこみ上げてきた。その一方で、目からは涙がこぼれ落ちる。感情のコントロールがうまくいかない。どうやら、どこかの回路がいかれてしまったようだ。

「毒の作用で、痛みに鈍感になっていたとしたらどうです？　チェーンソーやギロチンなどの特殊な装置があったなら、自分の首を切り落とすことも不可能ではないと思いますが」

「チェーンソー？　ギロチン？　あなた、頭は大丈夫？　本当に毒にやられちゃったんじゃないの？　そんなもの、どこにも置いてなかったじゃない」

「たけし君の自殺した場所が、二階のあの部屋とは限りませんからね。どこか別の場所で死んだあと、マウスによって運ばれてきたのかもしれません」

ひろしは美香の質問によどみなく答えていたが、どの回答にも少々無理があるように思えた。

あれが自殺？　ひろしは本気でそう思っているのだろうか？　別の真相がわかっていながら、それをごまかそうとしているように見えないこともない。

真意を確かめようと、美香は彼の顔を覗き込んだ。

ない。


「なんですか？」

ひろしがこちらを見る。しかし、どこまでもクールなその瞳はなにも語ってくれない。

パパやママと同じ目だ。

黒くよどんだ感情が、身体の奥から湧き出した。

美香ちゃん、体育祭はどうだった？　勉強はちゃんとやってるの？　誕生日のプレゼント、なにがほしい？

美香、また少し背が伸びたんじゃないか？　この猫、美香のことが本当に好きなんだな。札幌出張のお土産《みやげ》、なにを買ってこよう？

両親との会話がないわけではなかった。だが、二人の態度は、いつもどこかよそよそしい。美香に向けられた目が、実際にはなにも見ていないことも、今でははっきりと承知している。

ママ。体育祭の徒競走で学年一位になったことも、期末テストの順位が上がったことだって、この前ちゃんと話したよね？　聞いてるふりだけして、本当はなにも耳に入ってなかったんじゃないの？

パパ。美香との会話に困ると、いつも身長の話だよね。それからさ、この子のことを猫って呼ぶのやめてくれない？　もしかして、名前も知らないの？　ハートが美香にしか甘えないのは、パパやママが全然かまってあげないからでしょ。

誕生日プレゼントなんていらない。お土産もいらない。美香はパパやママがそばにいてくれるだけで満足なのに。どうして、わかってくれないんだろう？

「おっ。これ、はずれそうだぞ」

卓郎の声がすぐ近くで聞こえ、美香は我に返った。

卓郎は窓に張りつけられた板を、懸命に引きはがそうとしている。

「壁との隙間になにか固いものを差し込めば、てこの原理で一気にはがせるかもしれねえな。おっ、そうだ。いいものがあった」

ポケットから取り出したナイフを壁に押し当てたが、すぐに刃先は折れてしまった。

「チクショー！」

刃のなくなったナイフを叩きつけ、美香たちに当たり散らす。

「おい、ほかになにかねえのか？　二人ともぼんやりしてる暇があったら、役に立つ道具を探してこいよ」

誰のせいで、こんなことになったと思っているよ？

普段であれば嫌みのひとつでもいってやるところだが、もはやそんな感情も湧いてこない。口ごたえしたところで、またつまらない諍《いさか》いが起こるだけだろう。

「……じゃあ、探してくるね」

美香は無感情のまま答えると、廊下を東へ進んだ。突き当たりのドアを開け、中に入る。

優に十人以上が座れるであろうダイニングテーブルに、大量の食器類が収納された棚。どうやら、ここは食堂らしい。カウンターの奥には、立派な厨房が見えた。

カウンター横のドアを開け、厨房へと移動する。最初に目に入った棚を開くと、中には様々な形の包丁が几帳面にそろえて置かれていた。どれもよく手入れされていて、二十年近く放っておかれたものには見えない。

美香は一番左にあった肉切り包丁を手に取った。鋭く尖った先端に、自然と惹《ひ》きつけられる。

これを自分の喉に突き刺したら、どうなるのかしら？

ふと、そんなことを考えた。

今までに経験したことのない痛みと苦しみに襲われることは間違いない。だが、それもわずかな時間だろう。死んでしまったたけしはもう、あの怪物に怯える必要がなかった。この場で自らの命を絶てば、二度とあの恐怖を味わわずにすむのだ。悪い選択ではないと思う。

運よくこの屋敷から逃げることができたとしても、彼女を優しく迎え入れてくれるのは飼い猫のハートだけだ。

ベッドに入るといつも、底の見えぬ深い寂しさに押しつぶされそうになる。これからもあの苦しみに耐えなければならないのであれば、いっそのことここで――。

包丁を強く握り直したそのときだ。

食堂に通じるドアとは別の、北面の廊下に通じるドアが勢いよく開いた。

美香を見つめる巨大な目玉。

「いやあああああっ！」

途端、彼女の口からけたたましい悲鳴が漏れた。

「あああああああっ！」

自分でもその声を止めることができない。

そんな騒音など意に介さぬ様子で、青い怪物は厨房に押し入ろうとした。窮屈そうに身を屈め、ドアをくぐり抜けようとする。

くちゃ、くちゃ、くちゃ

粘ついた音が耳に届いた。なにかを食べているらしい。かなり固いのか、顔の右半分を歪めながら、必死で嚙み砕こうとしている。

醜くふくれあがった唇がめくれ上がり、口の中から鋭い牙が現れた。牙はどれも内側に湾曲しており、食虫植物のハエトリソウを彷彿とさせる。

くちゃ、くちゃ、くちゃり

なかなか砕くことができないらしく、牙と牙の隙間から食べていたものがはみ出した。

「あああああああああああああああっ！」

美香の悲鳴は止まらない。

怪物の口から垂れ下がったものは、人間の腕だった。指先を下にして、所在なく揺れている。

「ああ、あああ、ああああああっ！」

喉が裂け、鉄くさい味が口の中に広がる。

怪物は口からはみ出したかつて人間だったものをちゅるんとすすり上げると、低いうなり声と共に嚙みつぶしにかかった。

ごり、ぐちゃ

骨が砕け、筋肉のつぶれる音が耳に届く。

怪物はそれを一気に呑み込むと、満足そうにげっぷを漏らした。青く長い舌で、口の周りに付着した血を舐め、緩慢に周囲を見回す。

巨大な目は美香の姿を確認したところで、ぴたりと止まった。

……ダメ。

ようやく悲鳴が止まる。

ダメだってば。

美香は右手に持っていた肉切り包丁を両手で握り直し、その先を怪物に向けた。来ないで！

ありったけの声をふりしぼったつもりだったが、先ほどの悲鳴で声帯がいかれてしまったのか、ほとんど言葉にならない。

喉になにかが詰まり、激しくむせる。彼女が口から吐き出したものは血の塊だった。

怪物の胃袋に消えた、かつて人間だったものを思い出す。

死ぬのは平気だ。だけど、あいつに食べられるのだけは、どうしたって耐えられない。

怪物は大きな頭をわずかに傾けつつ、ゆっくり美香に近づいてきた。歩くたびに、全身の筋肉がぼこぼこと音を立てて盛り上がる。

まともに戦って勝てるわけがない。

美香は踵を返し、その場から逃げ出した。床を蹴り、食堂へと駆け込む。後ろを振り返ると、怪物は自分の身体より小さな空間を通り抜けるのに、苦労しているようだった。

大丈夫。逃げられる。

美香は力強く頷くと、ダイニングテーブルの横を駆け抜け、廊下に通じるドアを開けた。

「おい、どうした?」

彼女の悲鳴を聞いて駆けつけたのだろう。ドアの前には卓郎とひろしが立っていた。

「逃げて! あいつが追ってくる!」

美香はかすれた声でそれだけ叫ぶと、全力で廊下を走った。

「うわっ! おい、なんだよ、あれ?」

背後から卓郎の上ずった声が聞こえてくる。これで、彼も美香の話を信じざるを得なくなったはずだ。

階段を駆け上がる途中で、胃袋がくうと間抜けな音を立てた。空気の読めぬ内臓に、思わず苦笑する。

……お腹が空いた。

走りながら、美香は今日の夕食のメニューについて考えていた。

今夜はファミレスに寄っていこう。胃がはち切れるまで食べてやる。

ハンバーグ、スパゲッティー、ピザ、チャーハン、ポテトサラダ……骨付きチキンはちょっと無理かもしれない。

2

シュンは三階北面の廊下を、夢遊病者のようにふらふらとさまよい歩いていた。

クローゼット内部で味わった計り知れない恐怖から、まだ完全には立ち直れずにいる。あのとき、階下から物音が響かなければ、シュンもまた杏奈と同じように食い殺されていただろう。

だが、一命をとりとめた喜びは、どこからも湧いてこない。あの怪物が、またいつ現れるかもわからないが、逃げる気力も体力もすでに尽き果ててしまっていた。

この世のすべての出来事は、宇宙が誕生した瞬間からすでに決まっている――以前読んだ小説に、そんなことが書いてあったような気がする。怪物に襲われて死ぬことが、あらかじめ定められた宿運だというのなら、もはやあがいたところで仕方がない。素直に運命を受け容れるしかないだろう。

どうにでもなれ、というヤケクソな気持ちとは少し違っていた。あまりにもいろいろなことが起こりすぎたため、感情の回路が正常に作動しなくなったようだ。卓郎にいじめられているときの、自分が無機物になったような感じともよく似ていた。

あの怪物はなんだったんだろう?

ドアに貼りつけられたギリシャ文字をひとつひとつ眺めながら、ぼんやりと考える。

身長は二メートル以上。青い肌。異常に盛り上がった筋肉。バランスの悪い大きな頭と、顔の半分を埋め尽くすほどのぎょろりとした目。あまりにも人間離れしすぎている。

シュンのゲームをプレイした卓郎かひろしが、シュンにひと泡吹かせてやろうと考えて変装した姿に違いない——さっきまではそう信じて疑わなかった。だが、現実に化け物を目の当たりにして、それまで築き上げてきた常識が音を立てて崩壊した。

肌のリアルな質感や細かい表情の変化は、ハリボテや着ぐるみで出せるものではないだろう。特殊メイクの達人か、あるいはロボット工学博士なら、本物そっくりの怪物だって作ることができるのかもしれないが、しかし田舎町の中学生を驚かせるために、わざわざそんな手間をかけるとも思えない。

となると……。

怪物の正体について、シュンはひとつの仮説を立てていた。口にすれば、誰もが失笑するだろう。気は確かか？　と馬鹿にされることは目に見えている。だが、もはや考えられる可能性はそれひとつしか残されていなかった。

真実か？　それとも、馬鹿げた妄想なのか？

それを確かめるため、シュンは〈σ〉の札が貼りつけられた部屋の前で足を止めた。

シュンのゲームでは、子供部屋で見つけた鍵を使って、同じフロアにある書斎のドアを開けることができた。書斎の本棚は隠し扉となっていて、そこからさらに屋根裏部屋へ進むことが可能だ。

ドアに記されたギリシャ文字と同じ形が刻まれた鍵を、ドアの鍵穴に差し込む。左にひねると、錠のはずれる音が響いた。

からからに乾いてしまった唇を舐め、ゆっくりとノブをひねる。

部屋の中央には落ち着いた雰囲気の文机《ふづくえ》が、壁面にはアンティーク感の漂う書棚が据えつけられていた。

「……やっぱり書斎だ」

部屋の奥へ進み、机の上の文鎮に触れながら、そう口にする。

洋館の外観から部屋の配置、間取りまで、シュンの作ったゲームとそっくり同じ世界が、ここには広がっている。

シュンたちに襲いかかる怪物にしたってそうだ。青い肌。巨大な顔と目。異常なまでに発達した筋肉。人間を食べるという設定。すべてゲームに登場する敵キャラと同じだった。

現実に、あのような怪物が存在するはずはない。

ようやく確信を持つ。

これは僕の作ったゲームだ。僕たちはゲームの世界の中に迷い込んでしまったんだ。

しかし、ここがゲームの中だと判明したところで、この先どうすればいいかはまったくわからない。

あごに手を添え、現実世界に戻る手段をあれこれ考えていると、

「あそこ！　ドアが開いてる！」

廊下のほうから声が聞こえ、美香が飛び込んできた。右手に握りしめた包丁にぎょっとする。勢いがつきすぎたのか、彼女は真正面からシュンと衝突した。

美香は尻餅をつき、シュンは机の角に思いきりひじをぶつけた。その衝撃で、手に持っていたこの部屋の鍵を床に落とす。

美香に続いて、卓郎とひろしがやって来た。

卓郎が体当たりでドアを閉める。

「おい。あいつが来る！　おまえらも押さえろ！」

卓郎の怒鳴り声に、自然と身体が反応した。詳しい状況を呑み込めぬまま、ひろしと共にドアを押さえにかかる。

どんっ

低く重たい音が廊下の外から響き、部屋全体が激しく振動した。同時に、ドアが押し返される。ものすごい力だ。歯を食いしばり踏ん張ったが、長くはもたない。

男三人が力を合わせても、あの怪物の馬鹿力にはかないそうになかった。

「ねえ、これでどうにかなるんじゃないの？」

シュンが落とした鍵を拾い上げると、美香はそれをドアの鍵穴に差し込んだ。

施錠されたことを確認して、ドアの前を離れる。

地獄の底から聞こえてくるような恐ろしい咆哮と共に、ドアが激しく叩かれた。みしり、とイヤな音があたりに響く。このまま馬鹿力で攻められれば、強行突破されるのも時間の問題だ。

「机をドアの前まで運んでバリケードにしましょう」

ひろしの提案に従い、四人で文机を運び、ドアにぴったりと押しつける。相当に重たく頑丈な机だ。万一錠が壊されたとしても、ドアを開けることはできないだろう。

シュンたちはドアからもっとも離れた位置に立ち、おたがいに身を寄せ合いながら、ことの成り行きを見守った。

ドアは繰り返し叩かれ、そのたびに室内が激しく揺れ動いた。攻撃は何分ほど続いただろう？　しばらくすると、ついにあきらめたのか、廊下の外に怪物の気配はなくなった。

ひろしはみんなの前を離れると、素早く机の上に飛び乗り、ドアへと耳を近づけた。彼の勇気には頭が下がる。怪物が立ち去ったとわかっていても、なかなかとれる行動ではない。

「なにも聞こえません。どうやら、あきらめたみたいですね」

ひろしの言葉に、全員が安堵の息を吐いた。一気に緊張が緩んだのか、美香はその場にぺたりと座り込んだ。

「おい、美香。その物騒なものをどうにかしろよ」

卓郎に指摘され、彼女は手もとに視線を落とした。右手にはまだ包丁が握られたままとなっている。

「あ……ゴメン」

美香は包丁を床に置くと、胸を押さえ、深い呼吸を何度か繰り返した。

「ここにいれば、もう安心なんでしょ？　あの怪物がこの部屋に入ってくることもないわよね？」

「おそらく。合鍵を持っていたなら、それを使ってすぐにでも押し入ってきたでしょうから。ドアも思ったより頑丈にできていますし、とりあえずのところは大丈夫だと思います」

鍵穴を覗き込み、ひろしが答える。

「なあ。あの化け物は一体なんなんだよ？」

落ち着きなく室内を歩き回りながら、卓郎がいった。

「俺はバッタに噛まれたりはしてねえぞ。なのにあいつが見えた。それってつまり、幻覚じゃねえってことだよな？」

「バッタやマウスと同じ突然変異種かもしれませんね」

「なんの動物が突然変異したら、あんなふうになっちまうんだよ？」

「それに関してはデータが不足していますから、なんとも答えられません。もっとも近いのはゴリラか、あるいは人ですが」

「人？　あの化け物が人間だっていうのか？」

卓郎とひろしのやりとりを耳にしながら、シュンはゲームの本編では説明されていない裏設定を思い出していた。

二十年前、この洋館に住んでいた生物学者は、娘の病気を治すため、彼女に特殊な遺伝子治療を施す。治療は成功し、娘は驚きの回復力を示した。しかし、彼らが幸せだったのはほんのいっときだけ。遺伝子の組み換えは予期せぬ連鎖を引き起こし、娘は青い肌の怪物と化してしまったのだ。

みんなにそう説明したところで、正気を疑われるだけだろう。それに、本当にそれが真実であるか否かは、シュンにもわからない。彼は黙り込んだまま、部屋の隅に座り込んだ。

「だから、あれは直樹なんだってば」

膝を抱えたまま、美香がぼそりと呟く。

「いつまでも家に帰ってこないあたしたちを心配して、そろそろ親たちも騒ぎ出してる頃なんじゃない？　あとちょっと、ここで我慢していれば、きっと助けがやって来るわ。だから、卓郎。無事にここを脱出できたら、直樹がトラックに撥ねられて死んだ本当の理由を、正直に警察へ打ち明けてね。そうすればきっと、直樹だって成仏《じょうぶつ》できると思うの」

「なにもかも俺のせいだっていうのか？」

卓郎の目つきが変化した。またひと悶着《もんちゃく》起こるのかと、シュンは身がまえたが、

「……そうだな。おまえのいうとおりかもしんねえ」

卓郎の口からは意外な言葉が発せられた。

「俺のせいで、みんなを妙なことに巻き込んじまったな。すまねえ」

頭を下げる卓郎を見て、それまで仮面のように固まっていた美香の表情が一気にやわらいだ。

「卓郎……」

「たけしの変わり果てた姿を見て……あの化け物に追いかけられて……ようやくわかったんだ。直樹や転校生にはたぶん、俺があの化け物みたいに見えてたんだよな。よっぽど恐ろしかったんだろうな。二人とも、俺の言葉に馬鹿正直に従ってさ。直樹は走るトラックの前に飛び出して即死。転校生は――」

シュンは耳をふさいだ。あのときのことはもう思い出したくない。

「美香、おまえのいうとおりだ。俺が殺したようなもんだよ。同じあやまちはもう二度と繰り返さねえ。神に誓うさ。そのことに気づかせてくれてありがとうな」

卓郎は美香の肩に手を置くと、清々《すがすが》しいほどの笑みを見せた。

「ありがとう……卓郎。大好きだよ」

美香の目から涙がこぼれ落ちる。

「ねえ、卓郎。高校生になったら一人暮らしを始めるって話してたよね？　あたし、遊びに行ってもいい？　こう見えて、料理も掃除も洗濯もものすごく得意なんだよ。絶対、迷惑はかけないから」

「ああ。なんなら一緒に暮らすか？」

美香の髪を撫でると、卓郎はさらに身体を近づけていった。

「ホント？　嬉しい」

美香は卓郎に抱きつき、歓喜の声をあげる。

「毎晩、寂しくて寂しくて仕方がなかった。でも、もう一人じゃないんだね」

「ああ、一人じゃないさ。直樹もたけしも待ってる」

卓郎の目に狂気の光が宿る。

「え？」

美香の笑顔が凍りついた。

卓郎は彼女を押しのけると、手にした包丁をシュンとひろしのいるほうに向けた。その先端は鮮血で真っ赤に濡れている。

「卓郎……どうして？」

美香が脇腹を押さえて、苦しそうに唸る。指の隙間からは血がにじみ出していた。

「馬鹿か、おまえ。雑魚《ざこ》の一人や二人が死んだくらいで、いちいち自首なんてできるわけねえだろ。俺は親父のあとを継いで、会社をもっともっと大きくしていかなくちゃならねえんだからな」

「あなたってホント、救いようのない馬鹿ね」

焦点の定まらぬうつろな目を卓郎に向けたかと思うと、彼女はその場に膝を折って倒れ込んだ。

「美香さん、大丈夫？」

仰向けで横たわる彼女のもとへ、シュンは慌てて駆け寄った。卓郎に刺された箇所を手のひらで押さえたが、血は次から次へとあふれ出してきてどうにもならない。

美香は陸に揚げられた魚のように、身体を何度も仰《の》け反らせながら、苦しそうにうめいた。

「気は確かですか？　卓郎君」

　滅多に感情をおもてに出さないひろしが、卓郎を睨みつけて詰問する。

「悪いけど、ここでみんな死んでくれ。そうすれば、直樹のこともばれずにすむ」

「警察も馬鹿ではありませんよ。すぐに捕まります」

「全部、あの化け物のせいにすればいいじゃねえか。みんな、化け物に食い殺されちまいました。そう証言すればいい」

　刃先をひろしに向けたまま、卓郎は喉を鳴らして笑った。

「いや、おまえらの死体を廊下に放り出しておいたら、あの化け物がなにもかも食い尽くしてくれるかもな。死体が見つからなきゃ、おまえらは単なる行方不明者だ。まともに捜査されることもねえだろう」

「やはり、まともではありませんね。これ以上、君と話をしても時間の無駄です」

　ひろしは学生服を脱ぐと、下に着ていたカッターシャツを引き裂き、血の海の中央に倒れる美香へと近づいた。

「どうしよう？　ひろし君。美香さん、動かなくなっちゃったよ」

　どうすればいいかわからず、シュンは情けない声をあげた。

「これはまずいですね。脈が乱れています」

　彼女の手首を持ち、ひろしが眉をひそめる。

「とりあえず止血しましょう」

「おい。勝手に動くな！」

書棚を背にした状態で、卓郎は大声を張りあげた。

「そんなことをしたって無駄だ。そいつはもう助からねえよ」

包丁の先を小さく動かしながら、卓郎は不敵な笑みを浮かべた。

「全員、化け物の餌になってくれ」

卓郎が右手を振り上げたそのとき、彼の背後に備えつけられた書棚がゆっくりと右方向にスライドし始めた。

「……あ」

シュンは声をあげた。屋根裏部屋に通じる隠し扉だ。

壁にはぽっかりと穴が開いており、そこには青い怪物が立っていた。

「卓郎君、後ろ！」

ひろしが大声を張りあげたが、卓郎はこちらに視線を向けたまま、にやにやと笑い続ける。

「そんな子供だましにひっかかるわけ――」

それが卓郎の最後の言葉だった。

怪物の口が耳の近くまで大きく裂ける。粘ついた緑色の液体が口の端から垂れ、卓郎の頭にこぼれ落ちた。何事かと卓郎が振り返るより早く、むき出しとなった牙が彼の頭に食らいつく。

ほんの一瞬の出来事だった。

頭部を失った卓郎が、床の上に崩れ落ちる。勢いよく噴き出した液体が、書斎の床、壁、天井までもを、赤く染め変えていく。

地獄のような光景に、シュンはただぽかりと口を開けるばかりだった。

第12章

鬼謀

―希望―

きぼう【鬼謀】

人並みはずれたすぐれたはかりごと。

1

「逃げましょう」

ひろしの言葉で我に返る。

あたりに視線を巡らすと、彼はバリケードとしてドアの前に置いた文机を懸命にどかそうとしていた。

そうだ。まだあきらめちゃいけない。

ひろしの横に立ち、シュンも力いっぱい机を押す。

なんとか人が通れるほどの隙間ができたところで、ひろしはぐったり横たわる美香を素早く背中に担いだ。その間に、シュンがドアを解錠する。

怪物は卓郎の頭を噛み砕くのに夢中で、こちらには目もくれようとしない。

大丈夫だ。逃げられる。

シュンはドアを開けると、まずひろしと美香の二人を促し、それから自分も廊下に出た。

振り返り、卓郎を見やる。

この世から消えてしまえばいいのに——何度、そう思ったことだろう。だが、それが現実となった今、歓喜の念はどこからも湧いてこない。むしろ、罪の意識が波のように押し寄せてくるばかりだ。

シュンはドアを閉めると、美香を背負って走るひろしのあとを追いかけた。

――どうして、あんなことをしたの？

杏奈の言葉が脳裏によみがえる。彼女は間違っていなかった。

あの怪物を生み出したのはシュン自身だった。ゲームの中で卓郎を殺し、日頃の鬱憤《うっぷん》を晴らしていたのだ。

実験と称して、理不尽な暴力を振るっていた卓郎となんら変わりない。いや、それよりもひどいだろう。シュンの生み出した怪物は、彼に優しく接してくれた杏奈までも殺してしまったのだから。

階段の前まで到達すると、書斎のドアが勢いよく開き、怪物が姿を見せた。フライドチキンでも食べるように、卓郎の腕をかじっている。ドアを施錠してから逃げるべきだったと悔やんだが、もはやあとの祭りだ。

怪物はシュンたちのほうへ視線を向けると、舌なめずりをしながら移動し始めた。どうやら、まだ食べ足りないらしい。

緩慢な動きであるにも拘わらず、尋常ではないスピードでこちらに迫ってくる。

どうすればいい？

シュンは必死で考えた。ここが彼の作ったゲーム世界であるなら、シナリオどおりに行動すれば、きっと逃げ道も見つかるはずだ。

迷っている時間はない。

「ひろし君、こっち！」

シュンはひろしの背中に担がれた美香の腰に左手を添え、右手でひろしの腕を引っ張りながら、出せる限りのスピードで階段を駆け下りた。

怪物との距離は少しずつ縮まっていく。美香を放り出せば、もう少し速く走れるのだろうが、そんなことはできない。これ以上犠牲者を出すことは、絶対に許されなかった。

一階まで階段を下りきると、シュンは首のもげた甲冑の横を通り抜け、和室へと進んだ。

怪物は肩を大きく揺らし、のらりくらりと迫ってくる。本気を出せば、すぐにでも追いつけそうなのに、なぜかそうしない。まるで、鬼ごっこを楽しんでいるかのようにも見える。

「……もしかして、この先に地下室があるのでしょうか？」

畳の縁《へり》を踏みつけると同時に、それまで黙り込んでいたひろしが低い声を漏らした。どうやら、彼も気づいてくれたようだ。

「そうだよ。ここはたぶん僕のゲームの中なんだ。どうして、こんなことになっちゃったのかはよくわからないけど、とにかくゲームと同じように行動すれば――」

和室を横切り襖を開けると、地下室へ続く殺風景な階段が現れた。ひんやりとした空気が肌を撫でる。シュンは立ち止まることなく、階段を駆け下りた。

地下室は真っ暗でなにも見えなかったが、照明スイッチの位置なら把握している。階段を下りきったところで右の壁を探り、指先に触れたスライド式のスイッチを押し上げた。

天井からぶら下がった裸電球が、ひろしの影を左右に揺らす。

あたりには壊れた家具や電化製品など、ガラクタがところ狭しと並べられていた。昔懐かしいブラウン管テレビのそばには、卓郎が運んできた段ボール箱が無造作に放置されている。

「さあ、こっちへ」

わずかな隙間をぬって、シュンたちは倉庫の奥へと移動した。怪物との差が一気に広がる。ここでは身体の小さいシュンたちのほうが断然有利だ。怪物はガラクタをひとつひとつ放り投げて、ある程度のスペースを作らなければ、先へ進むことができなかった。

突き当たりまでやって来ると、そこにはシュンが予想したとおり、鉄格子で囲まれた二畳ほどの小さなスペースが存在した。

地下牢だ。

シュンの考えた設定では、遺伝子操作によって怪物になりかけていた娘を監禁した場所ということになっている。コンクリートの壁には、赤黒い染みのようなものが残されていた。爪で引っ掻いて刻みつけたのか、いたるところに「タスケテ」の文字が確認できる。

地下牢の隅でなにかが光った。新しい鍵だ。キーホルダーには〈φ〉――ファイと記されている。ゲームどおりであるなら、その鍵を使って二階の応接室に入れるはずだ。

「急ごう」

ひろしの手を引っ張り、シュンは地下牢へ踏み込んだ。鍵を拾う前に柵を閉じ、内側から閂《かんぬき》をかける。順番を間違えれば、怪物に追いつかれ、ゲームオーバーとなってしまう。

ひろしはおもむろに学生服を脱ぐと、冷たい床に敷き、その上に美香をそっと寝かせた。激しく動かしたせいもあって、包帯代わりに巻きつけたシャツからは、またもや大量の血がにじみ出している。

「……ここは？」

美香は弱々しい声を漏らし、周囲に視線を走らせた。

「しっ。今はなにもしゃべらないほうがよいと思います」

ひろしが唇の前に人差し指を立てる。

「卓郎は……どうなったの？」

「話なら、この洋館を脱出してからゆっくりと――」

「お願い、教えて。卓郎はどこ？」

美香は両腕を伸ばし、苦しそうにあえいだ。

「……怪物に襲われて死にました」

ひろしがそっけなく答える。

「そう……死んだんだ」

ほっとしているのか、それとも悲しんでいるのか、美香は判断に困る複雑な表情を浮かべた。おそらく、彼女自身にも本当の気持ちはわかっていなかったに違いない。

「あたし、馬鹿だよね。ほんの一瞬とはいえ、あいつの話を信じちゃったんだから。あいつの本性なら、誰よりも理解していたはずなのに――」

後半は聞き取ることができなかった。

突如響いた獣の咆哮に、鼓膜がびりびりと震える。

鉄格子の外に積み重ねてあった衣装ケースが崩れ落ち、怪物が姿を現した。両手で鉄格子をつかみ、シュンたちのほうへ顔を近づけてくる。

鉄格子で隔たれてはいるが、怪物との距離はわずか一メートルほどしか離れていない。怪物の荒い息づかいを、充分に感じ取ることができた。

すぐ近くに獲物がいながら、捕らえることができないことに憤りを覚えたのか、怪物は牙をむき出しにして低いうなり声をあげた。

怪物の口から発せられる生臭いにおいが、人肉のそれであることに気づき、軽いめまいを覚える。

怪物は巨大な目をさらに大きく見開くと、怒りに満ちた表情で鉄格子を揺すり始めた。

美香を真ん中にはさんで、シュンたちは肩を寄せ合ったが、まったく生きた心地がしない。

怪物の馬鹿力で、次第に鉄格子が歪み始める。

「まずいですね」

ひろしが眉をひそめた。彼のいうとおり、鉄格子が破られるのは、もはや時間の問題だ。このままだと、全員が怪物に食い殺されることになってしまう。

「ゴメン。僕のせいで」

唇を噛みながら、シュンは頭《こうべ》を垂れた。

「僕が無理やり、みんなをこんなところへ連れてきたから……」

浅はかな自分を呪う。シュンの作ったゲームだと、ここでしばらく我慢すれば、怪物はあきらめて退散することになっていた。しかし、なにもかもがゲームと同じように進行するわけではないらしい。

思い返してみれば、ゲームと異なる展開は随所に存在していた。シュンのあずかり知らぬところで、勝手にプログラムが書き換えられていたのかもしれない。

怪物が左手に握っていた鉄格子が、ゴムのようにぐにゃりと曲がる。

これでもう、なにもかもオシマイだ。

まぶたを閉じて覚悟を決めようとしたそのとき、

「あたしが囮《おとり》になるわ」

唐突に美香が口を開いた。

「その間にここから逃げて」

「なにをいっているのか、よくわからないのですが」

ひろしが眉をひそめる。シュンも同じ思いだった。

「こう見えてあたし、一年生のときは陸上部に所属していたのよ。脚にはかなり自信があるんだから」

太ももを叩きながら、ゆっくりと立ち上がる。

「小柄なあたしだったら、ガラクタの間もうまくすり抜けられるだろうし」

「だけど……わかっていますか？　君は怪我をしているのですよ」

「もう大丈夫。ずいぶんと楽になったから」

「アドレナリンが大量に分泌されて、そう感じているだけです」

「これくらい、なんてことないって。むしろ、ちょうどいいハンディキャップになるんじゃないかしら。怪物を楽々引き離しちゃったらつまんないでしょ」

強がっているのは明らかだった。無理に作った笑顔は右の頬が痙攣を起こしていたし、足もともふらふらと覚束《おぼつか》ない。

鉄格子がさらに大きく歪んだ。怪物は舌なめずりをしながら、広がった隙間に顔を押し込もうとしている。

「迷ってる時間はないわよ。じゃあ、またあとでね」

美香が右手を上げて、にこりと微笑む。

「待ってください。美香さん」

ひろしの制止を振り払うと、彼女は手際よく門をはずし、牢獄の外へと飛び出していった。

ガシャ
ガシャ
ガシャ

2

「こっちよ、化け物！　ついてらっしゃい！」

両手を振り上げ、大声で叫ぶ。

怪物は左目だけを大きく見開くと、その巨大な顔をゆっくり美香に向けた。

怪物の低いうなり声がスタートの合図だ。

美香はコンクリートの床を蹴って、勢いよく駆け出した。

地下牢の中から彼女を呼び止める声が聞こえたが、もう言葉を返している余裕はない。

ガラクタの山を避けながら、美香は倉庫内を駆け抜けた。ちらりと背後を振り返る。作戦どおり、怪物は彼女を追いかけてきた。

やっぱり、思いきり走るのは気持ちがいい。

自然と笑みがこぼれる。脇腹の痛みも、まったく気にならなかった。

小学二年生の運動会。初めて徒競走で優勝したときのことを思い出す。

よくやったな、すごいぞ美香。

周りの視線も気にせず、豪快に飛び跳ねて喜んでくれたパパ。

おめでとう。ものすごく頑張ったわね。

力いっぱい抱きしめてくれたママのぬくもりは、今も忘れられない。

誰よりも速くトラックを駆け抜ける快感。まるで自分が風になったような不思議な感覚。そして、パパとママの笑顔。それが忘れられなくて、彼女は陸上競技の虜《とりこ》となっていったのだった。

思いどおりのタイムが出せなくなり、走ることをやめてしまってから、少しずつ歯車が狂い始めたのだろう。それからというもの、美香の両親は腫れものにさわるみたいに、美香に接するようになった。そんな彼らに、彼女は苛立ち、反抗的な態度をとるようになったのだった。

どうして、気づかなかったんだろう？

走りながら、美香は唇を嚙んだ。

パパもママも、あたしへの愛情を失くしたわけじゃなかった。二人の愛情を無視していたのは、むしろあたしのほうだ。

いまさらながら、その事実に気がつく。

反抗的な態度を示す美香に、彼女の両親はどう接していいかわからなくなってしまったのだろう。

もう一度、あたしが走りたいといったら、パパとママはどんな反応を示すだろう？

今年、あたしは受験生だ。馬鹿なことをいうなと叱り飛ばされるだろうか？　それとも、頑張ってみなさいと応援してくれるかな？

どちらでもいい。応援してくれるなら、期待に応えられるよう頑張るし、叱られたときは許してもらえるまで説得を続ける。二人とも、きっと理解してくれるはずだ。

二段飛ばしで階段を駆け上る。怪我をしているというのに、身体はとても軽かった。背中に羽根が生えたかと錯覚を覚えるくらいだ。

早くおうちに帰らなくちゃ。パパとママが心配している。

額ににじんだ汗を拭い、美香はどこまでも走り続けた。

気持ちがいい。まるで、空を飛んでるみたい。

だけど。

ああ。お腹が空いた。ひさしぶりに、ママの作ったカレーを食べたい。お願いしたら作ってくれるだろうか？

それにしても、なかなか上のフロアにたどり着かないなあ。

……この階段、一体どこまで続いてるんだろう？

3

シュンはひろしと共に、すぐさま美香のあとを――怪物の背中を追いかけた。が、彼女の俊足はかなりのもので、あっという間に引き離されてしまった。さらに、怪物が崩していったガラクタの壁に道をふさがれ、ようやく一階の和室へたどり着いたときには、すでに美香と別れて数分が経過していた。

「美香さん。どこにいるの？」

彼女の名を呼んだが返事はない。

畳には血のあとが点々と残っていた。さわると指にねっとりと付着する。まだ新しい。おそらく美香の脇腹から流れたものだろう。

血痕を追いかけて和室を横切った。和室から玄関ホールへ、玄関ホールから階段へ、相当な量の血が流れ落ちている。

「これはまずいですね」

ひろしが顔をしかめ、二階を見上げた。階段には赤い絨毯が敷いてあるため、それ以上血のあとを見つけることはできなかった。だが、ほかに血痕が見つからないのだから、上へ向かったことはほぼ間違いないと考えていいだろう。

ひろしの後ろについて、階段を上る。二階の廊下に血痕はなかった。

さらに、上へ逃げたのだろうか？

ひろしも同じように考えたらしく、三階へと進む。

どん

なにか重たいものを床に落としたような、低い物音が聞こえた。同時に足もとが揺れる。

どん、どん

物音は一度では終わらなかった。数秒置きに空気が震え、そのたびに床が揺れる。

どん、どん、どん

階段を進むごとに、振動は大きくなっていった。

「……なんの音だろう?」

激しい胸騒ぎ。イヤな予感がする。

シュンは乱れる呼吸を整えた。

どん、どん、どん、どん

三階へたどり着くと同時に、ひろしの動きがぴたりと止まる。

「どうしたの？」

彼の視線を追い、シュンは息を呑んだ。

廊下には真新しい血痕が残っていた。玄関ホールで見たものとは違い、廊下の上に一本の太い線が残されている。怪物に首根っこをつかまれて引きずられていく美香の姿が容易に想像できた。

血の痕は、卓郎が殺された書斎とは正反対の方向に続いている。

どん、どん、どん、どん

不気味な物音も、同じ方向から聞こえてくるようだ。

「……美香さん？」

廊下の奥に向かって呼びかける。

どこかの部屋に閉じ込められた彼女が、必死で助けを求めている音なのではないだろうか？　だとしたら、すぐに救出しなければならない。

先を歩くひろしよりも早く、身体が動いていた。もっと機敏に行動していれば、杏奈だって助けられたかもしれないのだ。もう誰にも死んでほしくない。これ以上、後悔はしたくなかった。

美香の血で記された一本線は、〈τ〉──タウの文字が刻まれたドアの前で終わっていた。

ドアに片耳を当て、中の様子をうかがう。

どん

ひときわ大きな音が響いた。きっと、美香はここにいるはずだ。

ノブに手をかける。鍵はかかっていなかった。

どん

「美香さ──」

ドアを開けて室内に飛び込んだシュンは、目の前に広がる最悪の光景に、言葉を失った。

青い怪物はこちらに背中を向け、ジャンピングスクワットを繰り返している。着地のたびに鈍い音が響き、部屋全体が震動した。

怪物の足もとには真っ赤な絨毯が敷かれている。怪物が着地すると、絨毯から粘ついた液体が飛び出した。

……いや、絨毯ではない。よく見ると、それは人の形をしていた。

どん

怪物に踏みつぶされた衝撃で、あたりに細かい肉片が飛び散る。なめしのように薄っぺらく延びた皮膚は赤黒く染まり、もはや誰であるかは判別不能だ。皮から生えた茶色い髪で、もしかしたら美香なのではないかと、認識できる程度だった。

怪物に気づかれぬよう、そっとドアを閉め、部屋の前を離れる。

……また、助けることができなかった。

シュンは奥歯を強く噛みしめた。なにもできない自分がつくづくイヤになる。

だが、落ち込んでいる暇はなかった。自分を責めるのは、この屋敷を逃げ出したあとだ。

「ひろし君」

廊下に呆然とたたずむ彼に声をかける。変わり果てた美香の姿にショックを受けたのか、ひろしはきょとんとした表情で、シュンが閉めたドアを見つめていた。

「ねえ、ひろし君ってば」

反応を示さない彼の肩を強く揺する。

「……一体、どういうことなのでしょう？　もはや、科学では説明することができません。これは悪い夢？　僕はただうなされているだけなのでしょうか？」

シュンに顔を向けようとせず、ドアを凝視したままの状態で、ひろしはそう口にした。

確かに、科学では説明できない。でも、彼だって気がついていた。この世界がシュンの作ったゲームと酷似していることに。

「どうして、こういうことになっちゃったのか、その理由は僕にもよくわからない。でも、ゲームと同じ出来事が起こっているっていうなら、シナリオどおりに行動を続ければ、きっとここから脱出できると思うんだ」

シュンがそう説明しても、ひろしは繰り返し首をひねるばかりで、まるで納得していないように思えた。

「地下牢で見つけた鍵を使えば、応接室のドアが開くはずだから――」

そこまでしゃべり、鍵をそのまま地下牢へ置いてきてしまったことに気がつく。

「ゴメン。すぐに鍵を取ってくるから、二階で待っていてもらえる？　くれぐれも怪物には気をつけて」

シュンはそういい残し、一階へと駆け下りた。和室を横切り、再び地下室に足を踏み入れる。

地下牢の冷たい床に放置された鍵とひろしの制服を手に取り、もと来た道を引き返す。

地下室から出ようとしたそのとき、視界の隅に段ボール箱が見えた。卓郎が運んできたものだ。

一体、なにが入っているのだろう？

シュンは立ち止まると、一番上に積まれていた箱の中を覗き込んだ。

今では見ることが少なくなった家庭ごみ用の真っ黒なビニール袋が押し込んである。さわってみると、なにやら柔らかいものが詰め込まれていた。

ビニール袋の口を開け、中身を確認する。

強烈な異臭。

「…………！」

声にならない悲鳴が漏れた。あまりの衝撃に、気を失いそうになる。

「な、なんだよ……これ」

袋の中に入っていたのは、バラバラに切断された人間の身体だった。とはいえ、もはやその程度のことで驚いたりはしない。

生首がうつろな瞳をシュンに向ける。その顔には見覚えがあった。

右の耳たぶにあるほくろ。存在感のないこぢんまりとした鼻。卓郎に殴られて、わずかに欠けた前歯。笑うと柴犬のように丸くなる目。

「……僕？」

かすれた声があたりに反響する。

そんな、まさか。あり得ない。

手の甲で目をこすり、もう一度ビニール袋の中身を確認する。

見間違いではなかった。恨めしそうにこちらを見上げる生首は、間違いなくシュン自身のものだ。

「嘘だろう？」

その場にがくりとひざまずく。

卓郎が運び込んだ段ボール箱には、シュンの遺体が詰まっていた。

第13章

NEXT STAGE

1

ダムが決壊するように、それまで封印されていた記憶が一気にあふれ出してくる。

今日の午後。学校の裏山で穏やかな時間を過ごしていたシュンのもとに、突然現れた卓郎。彼はシュンのポーチを引きちぎると、沼に向かって荒々しく放り投げた。

PCゲームのプログラムデータ、前の学校の友人から届いた手紙、そして杏奈からもらった柴犬のキーホルダー。ポーチの中には、命の次に大切なものがたくさん詰まっていた。

絶対、失うわけにはいかない。

シュンはポーチをキャッチしようと、自分が泳げないことも忘れて、反射的に沼へ飛び込み、そしてあっけなく溺れ死んでしまったのだった。

そのあと、卓郎がどのような行動をとったのか、命を落としたシュンにはよくわからない。だが、段ボール箱に詰められたシュンの遺体がここにあることから、大体の想像はついた。

沼に沈んでいくシュンを見て、卓郎は慌てたに違いない。すぐさま彼を引っ張り上げ、蘇生《そせい》を試みたが、しかしどうにもならなかったのだろう。いうまでもないことだが、人の命をなんとも思わない卓郎が、シュンを助けようと考えた理由はもちろん、自らの保身のためだ。

一週間前、校舎の三階から飛び降りろとシュンに強要したときは、自分に疑いがかからぬよう完璧なアリバイを用意していたはずである。だが、今回は状況が違う。シュンの行動はまったく予期せぬものだった。

このままではまずい、と彼は焦った。たぶん、沼に向かうところを、何人もの大人に目撃されていたのだろう。シュンの遺体が沼から発見されれば、卓郎に疑いがかかるのは明らかだ。

卓郎はシュンの死を隠蔽《いんぺい》するため、遺体を細かく切り刻み、段ボール箱に詰めてジェイルハウスへ運び込む計画を立てた。たった一人で作業を行なうのは大変だったろうが、彼の父は有名ホームセンターを経営する実業家。道具に困ることはなかったはずだ。

シュンは袋の口を閉じると、後ずさりで段ボール箱の前から離れた。

たけし、杏奈、卓郎、美香——無惨な遺体をさんざん見せつけられ、もはや正常な感覚は完全に麻痺していたが、それでも自分の遺体を眺めるのは、決して気持ちのよいものではない。

逃げるように倉庫を飛び出し、階段を駆け上る。畳の上にひざまずき、深呼吸を数回繰り返してから、自分の手のひらを見つめた。

まさか、誰よりも先に僕が死んでいたなんて。

頭を左右に振る。そんな突拍子もない話、すぐには信じられるはずがなかった。だとしたら、今ここにいる僕はなんなんだ？

──幽霊って、お墓とか古いトンネルの中とか、そういう薄気味悪い場所ばかりにいるものだと思ってた。でも、違うんだよ。本当はどこにだっているんだから。

杏奈の言葉を思い出す。

──向こうの世界にちょっとだけ足を踏み入れかけたからなのかな？　あの事故以来、私……いろいろと見えるようになっちゃったんだ。

僕は……幽霊なのか？

──幽霊を見かけたときは必ず、全身の血が凍りつくみたいにぞくぞくするの。今日はジェイルハウスの石塀が見えたときから、もうすでにその感覚があった。いつもはそんなことないのに……。ここに、なにか得体の知れないものがひそんでいることは間違いないと思う。

あのとき、杏奈は青い怪物の気配を感じ取ったわけではなかったのだろう。彼女の霊感は、すでにこの世の存在ではないシュンに反応していたのだ。

「……僕が幽霊？」

激しくかぶりを振る。

そんなの嘘だ。あり得ない。だって、僕の心臓はこんなにも激しく鼓動している。身体が透けているわけでもない。鍵を持つことだってできたじゃないか。

――幽霊だって、ドアも開ければ掃除だってするかもしれないよ。幽霊の生態なんて、誰にもわからないんだから。

そういえば……。

ここにいたってようやく、シュンはこの屋敷へやって来て以降、杏奈以外の誰ともまともな会話を交わしていないことに気がついた。

もしかして……みんな、僕の存在に気づいていなかったの？

思い当たるふしはいくつもあった。そして、すべての事柄は、彼が霊的存在であることを示している。もはや、認めざるを得なかった。

卓郎から受けた理不尽な暴力の数々。人を人とも思わぬその残虐な行為に耐えるため、いつしかシュンは負の感情を抑え込むようになった。

そんな積もり積もった怨念が、沼で溺れたあの瞬間に爆発し、ゲーム世界にしか存在しなかった洋館と化け物を現実に生み出すこととなってしまったのだろう。

すべてを理解したシュンは、まぶたを閉じて呟いた。

「卓郎君は死んだ。だから、もう終わりにしようよ。これ以上、関係ない人を巻き添えにしたくないんだ。ひろし君は……ひろし君は僕の作ったゲームを面白いといってくれた。もし僕が生きていたら、きっといい友達になれたと思う。だから……だから、お願いだよ。ひろし君だけは家に帰してあげて。僕たちをもとの世界に戻して」

ゆっくりと目を開ける。なにもかもが消滅していることを期待したが、シュンを取り囲む世界に変化はなかった。

「どうすればいい？」

嗚咽まじりに呟く。

一度ゲームを始めてしまえば、たどり着く先はふたつしかない。ゲームオーバーかゲームクリア——怪物に殺されるか、無事に逃げおおせるかのどちらかだ。

この世界はシュンの作ったゲームだが、しかし実体化された怪物をコントロールすることは、もはや彼自身にも不可能だった。

「お願い……誰かゲームを終わらせて」

ただ、必死で祈ることしかできない。

「……もういいよ」

「……誰？」

不意に人の気配を感じ、顔を上げる。

いつからそこにいたのか、シュンの目の前にはひろしが立っていた。シャツのしわを伸ばしながら、じっと畳を見つめている。

「ゴメンね、ひろし君」

聞こえないとわかっていながらも、シュンは謝らずにはいられなかった。

「なにもかも僕のせいだったんだ。たけし君も委員長も卓郎君も美香さんも、みんな僕が殺した。謝って許されることではないけど……ゴメン。ひろし君……君とは友達になれると思ったのに、こんなことに巻き込んじゃって本当にゴメン」

右手に握りしめていたひろしの制服に涙がこぼれ落ち、丸い染みを作る。

ひろしは屈み込むと、涙の染みに指を当て、小さく首をひねった。

「……涙？」

彼の漏らした呟きに、シュンは目を見開いた。

「君にもこの涙が見えてるの？　どうして？　僕はもう、この世にいないのに」

どういう理屈なのかはよくわからない。だが、シュンの流した涙は間違いなくそこに存在するようだった。

「もしかして、シュン君ですか？」

意外なひとことが、ひろしの口から飛び出した。

「今……なんて?」

「いたら返事をしてください。そこにいるのですか?」

「……僕の姿が見えているわけじゃないんだよね?」

ひろしの顔の前で手を振ってみるが、反応はない。右の頰をつつくと、彼は驚きの表情を示してシュンの手をつかんだ。

「やはり、ここにいるのですね」

ひろしの頰がわずかに緩んだ。もしかして、笑ったのだろうか?

「答えてください。そこにいるのはシュン君ですか? イエスなら右の頰を、ノーなら左の頰をつついてください」

「イ……イエス」

右の頰をつつくと、彼は嬉しそうに目を細めた。これまで一度も見たことのなかった彼の優しい瞳に、いつの間にかシュンも笑っていた。

「姿も見えなければ、声も聞こえないのに、どうして君だとわかったのか不思議に思っていますか?」

「うん。なぜわかったの?」

「右手の親指と人差し指の先にできたタコですよ。腕をつかまれ、地下室まで無理やり引っ張られていったときに気がつきました。そもそも、ここで起こっている不可解な現象のほとんどが、君の作ったゲームと酷似していましたからね」

まさか、指先のタコで気がつくとは。

「やっぱり、ひろし君はすごいや」

涙を拭い、そう口にする。

「僕の制服、地下室から持ってきてくれたのですね。ありがとうございます」

「あ、うん。シャツも破いちゃったし、その格好じゃ寒いだろうと思って」

シュンは制服を持ち上げると、彼の目の前に差し出した。

ひろしが驚いた顔をする。制服が勝手に動き出したのだから、無理もないだろう。

「なぜ、君の姿が見えないのか——それは今もまったくわかりません。二階で見つけた右腕にも同じタコがありましたから、君がすでに肉体を失い、魂だけの存在になっていると考えることもできます。……あまりにも非科学的で、なにもかも僕の持つ知識では解明できないことばかりですが、しかし勝手に動くドアや宙に浮かぶ鍵などを実際にこの目で見てしまったのですから、認めないわけにはいかないでしょうね」

受け取った制服に袖を通しながら、ひろしはいった。

「科学で解明できない事象は存在しない、とこれまでずっと思って生きてきました。いや、そうではありませんね。科学で解明できないものを見つけたときは、自然と考えることを避けていたのです。僕にとっては、人の心というものがもっとも理解不能でした。外面《そとづら》ばかりよい両親を見て育ったから、そう思うようになったのかもしれません。仲むつまじく見える二人が、別の場所ではおたがいの悪口をいい合っていたり、かと思えば、美香さんのように、たいして親しくもない僕のために囮になってくれたり……」

ひろしはそこでいったん言葉を詰まらせたあと、指先で目尻を拭って、さらに先を続けた。

「これからは科学で解明できないことに関しても、決して避けたりはせず、積極的に関わっていきたいと思っています」

曇ったレンズを拭おうと、ひろしがメガネをはずしたそのとき、階段のほうから怪物が姿を現した。

「危ない。うしろ！」

彼の腕を引っ張り、立ち上がる。シュンの行動に、ひろしもなにが起こったかを察したらしい。

「いろいろと尋ねたいことはありますが、まずはこのゲームを終わらせることが先決のようですね」

　素早くメガネをかけると、ひろしはいった。

「無事に脱出できるよう、サポートしてもらえますか？」

「もちろん」

　右の頰をつつき、地下牢で拾った鍵を彼の手に握らせる。

「ゲームとまったく同じことが起こっているのなら、これは二階応接室の鍵ということになります。応接室でピアノの鍵盤に記された暗号を確認して書斎へ移動。暗号から導き出された四桁の数字を、書斎の金庫に入力すれば、屋根裏部屋の鍵が手に入る。屋根裏部屋には玄関の鍵。それで合っていますよね？」

　数回プレイしただけだというのに、たいしたものだ。彼の記憶力に舌を巻く。

　青い怪物は、緩慢な動きでシュンたちのいる和室へと迫った。

と、右手の中指が、ぷちりと音を立ててちぎれ落ちる。指はフローリングの上でぴちぴちと跳ね、次第に形を変えて別の生き物へと変化を遂げた。たけしの遺体に群がっていた鼠と同じ形をしている。ほかの指も同じようにちぎれ、青い鼠へと姿を変えた。

　怪物がぼりぼりと頰を搔きむしると、めくれた皮膚はバッタに変化した。それだけでは終わらない。腕の筋肉はさらにふくれあがって蛇の化け物に、頭から分離した塊はスライム状の軟体動物に、胸から這い出てきた直方体の物体は細い牙を無数に持つモンスターへと変貌する。

数秒と経たぬうちに、一階北面の廊下は、本体から分裂した様々な形の怪物たちで埋め尽くされていた。

悪夢のような光景に息を呑む。

どの怪物も共通して、青い肌と大きな目を持っている。スライム状の怪物には三十以上の目玉がついており、それぞれが別々の方向を見つめていた。

「おっと。ここからはハードモードでしょうか？」

分裂を繰り返す怪物たちを横目で見やり、ひろしは小さく肩をすくめた。

「まあ、いいでしょう。難易度が上がったほうが、こちらもやりがいがあるというものです」

こちらを向いてほくそ笑む。

「では、シュン君。鬼ごっこを始めましょうか」

「うん」

ひろしの言葉を合図に、シュンは勢いよく畳を蹴った。

大小様々な怪物の視線が、いっせいに彼らのほうを向く。

シュンはひしめく怪物たちの間をすり抜け、階段へと急いだ。すぐ後ろを怪物が追いかけてくる。だけど、立ち止まってはならない。迷ってもダメだ。戦うなんてもってのほか。

逃げろ。逃げまくれ。

そう自分にいい聞かせる。

逃げ続ければ、きっと次のステージに進むことができる。


何度も繰り返しプレイしてきたゲームだ。クリアまでの手順は、すべて頭の中に入っていた。しかも、学年一頭の切れるひろしと行動を共にしているのだから、障害などないに等しい。

ランダムに変化する複雑な暗号も、ひろしの手にかかれば、解明に数秒とかからなかった。一方のシュンは、いつ、どこに怪物が出現するか、ほぼ完璧に予測することができる。ひろしの手を引き、彼は先を急いだ。

ひろしがつまずいたら、即座にシュンが肩を貸した。予想外のアクシデントにぶつかり、シュンが逡巡《しゅんじゅん》したときには、すぐさまひろしが柔軟な思考で困難を乗り越えてくれた。

様々な難関をくぐり抜け、ついに屋根裏部屋へとやって来る。壁にかかった鍵を手に入れると、二人はおたがいの手を固く握りしめたまま、階段を駆け下り、玄関ホールへと向かった。

彼らのあとを、大量の怪物が追いかけてくる。

だが、もう恐ろしくはない。心の中には、どこか余裕さえあった。

「行きますよ」

入口のドアを解錠したひろしが、シュンのほうを見て微笑んだ。

「オッケー」

力強く頷き、ドアを押し開ける。

外から射し込むまぶしい光に、シュンは目を細めた。

2

華やかなファンファーレが響き渡ると同時に、ノートパソコンのモニタには〈CLEAR〉の文字が大きく表示された。

「終わりましたよ」

メガネを押し上げながら、ひろしがいつもどおりの一本調子で答える。

「……え?」

戸惑いながら、シュンはあたりを見回した。

いつも放課後にやって来る学校の裏山。

腕時計を確認すると、なぜか時間が巻き戻っている。卓郎に壊されたはずのノートパソコンは正常に動いているし、沼の底に消えたポーチも、今はしっかりと腰に巻きついていた。

なんだ、これは？

わけがわからない。

よほど、間抜けな表情を浮かべていたのだろう。

「どうしました？」

ひろしが怪訝そうに、シュンの顔を覗き込んできた。

「あ……いや……ううん、べつに」

笑ってごまかす。そうする以外に、リアクションのとりようがなかった。

「操作性も悪くないし、グラフィックも音楽も作品世界にぴったりマッチしていました。まさか、ここまでの完成度だとは思いませんでしたよ。あまりの面白さに、途中から我を忘れてしまったくらいです」

以前に聞いた台詞を、ひろしは繰り返した。

「ただ、キャラクターの名前がクラスメイトと同じなのは、いかがなものかと。三人とも無惨に殺されてしまうわけですし、悪趣味と思われても仕方ありません」

「あ……うん。そうだね」

せっかく素直な感想を述べてくれているというのに、シュンは混乱してまともな受け答えができずにいた。

僕は、現実とゲームを混同した白昼夢を見ていたのだろうか？

そう思い込むことで、いったんは納得したシュンだったが、ひろしと別れたあとに卓郎が現れたことで、彼の頭は再び混乱を極めた。

単なる白昼夢だったなら、卓郎が現れることを予測できたはずがない。ということは、やはり時間を逆戻りしてしまったのか？

後頭部に激しい衝撃を受け、シュンはその場に倒れ込んだ。

「今日、地理の授業で土食文化について習っただろ？　俺、あれがどうにも信じられなくってさ。だって、土を食うんだぜ。土なんて、絶対に美味いわけないじゃん。だから、転校生。おまえ、ちょっと試してみてくれよ」

彼の頭の上で、卓郎の履いた靴の底がぐりぐりと動いた。頬が地面にこすれる。口の中に血の味が広がった。

このまま抵抗せずにいれば、同じ未来がまた繰り返されることになる。それだけは避けなければならないと思った。

「うあああああっ！」

雄叫《おたけ》びをあげながら立ち上がる。まさか、抵抗されるとは思っていなかったのだろう。バランスを崩した卓郎は、無様な尻餅をついた。

「ふざけやがって」

彼の表情が見る見るうちに変化していく。シュンはノートパソコンを胸の前で抱えると、泥を蹴ってその場から逃げ出した。

「おい、こら待て！」

怒声が響き渡る。

「おまえ、ただですむと思ってるのか？　覚えとけよ。俺に歯向かったことを、絶対に後悔させてやるからな」

いつものシュンなら、その言葉に足がすくんで立ち止まっていただろう。だが、なにも恐ろしくはなかった。ジェイルハウスで出会った青い怪物に較べれば、可愛い赤ん坊みたいなものだ。いつまでも悪態をつき続ける卓郎の元気な姿に、むしろ喜びさえ感じていた。

木々の間をすり抜け、どこまでも走り続ける。自分でも気づかぬうちに、シュンは笑みをこぼしていた。一度経験した未来とは違う方向に時間は進み始めた。卓郎たちが殺されることはもうないはずだ。

しかし、だからといってシュンの日常が劇的に変わるわけではないだろう。明日からも、たぶんいじめは続く。今日のことが原因で、もっとひどい仕打ちを受けることになるかもしれない。

でも、我慢できるような気がした。

苦しいからといって、自らの命を絶つ必要なんてない。問題を解決する方法はほかにいくらでもあるはずだ。

家族や友人に相談しても埒《らち》が明かず、助けを求めても誰一人手を差し伸べてくれなかったら、そのときは逃げ出せばいい。

生きることから逃げ出すのではない。いじめられるというのなら、学校をサボればいい。友達とのつきあいが憂鬱になったなら、家に引きこもればいい。勉強することに疲れたなら、立ち止まってみればいい。

べつに死を選ばなくたって、この世界にはたくさんの逃げ道が用意されている。最終手段が残されているとわかれば、立ち向かう勇気だって持つことができるだろう。

大丈夫。どんな問題も必ず解決するはずだ。

シュンは力強く頷いた。

鬼ごっこなら誰にも負けない。

気がつくと、シュンはジェイルハウスの石塀の前に立っていた。

「どうしたの？　汗びっしょりじゃない」

澄んだ声に振り返る。杏奈が驚いた表情でこちらを見ていた。右手には学習塾の名前が印刷された手提げバッグを持っている。

「委員長」

息を弾ませながら、シュンは口を開いた。

「これから塾？　頑張ってね」

元気な彼女と再び出会えたことが嬉しくて、自然と饒舌になる。

「あのさ。なにか悩みごとを抱えているなら、一人で苦しむんじゃなくて、僕に打ち明けてもらえないかな？　少しは力になれると思うから」

「……え？」

杏奈が小首を傾げる。いけない。空気を読まず、よけいなことまでしゃべってしまったようだ。

「ううん、なんでもない。今のはひとりごと」

慌てていい繕う。

「ずいぶんとご機嫌だね。なにかあったの？」

「ううん。なにもなかったから嬉しいんだ」

シュンの言葉に、彼女はますます不思議そうな表情を見せた。

「ほら。早くしないと塾に遅れるよ。行ってらっしゃい」

「あ……うん、行ってきます」

戸惑う杏奈の肩に、どこから飛んできたのか、一匹の蝶が止まった。

「こんな時期に飛んでるなんて、珍しいよね」

杏奈が笑う。


蝶の翅はブルーベリーのような色をしていた。

あとがき

邦画、洋画を問わず、ホラー映画が大好きです。設定は、単純であればあるほど良し。あまり難しいことは考えず、ポップコーンなどを頬張りながら、殺人鬼や悪霊に襲われる登場人物たちを、ハラハラドキドキ眺めるのは、至福のひとときだったりします。しかし、恐怖心は嗅覚と同じで、繰り返し味わううちに、次第に鈍っていくもの。ただおどろおどろしいだけの作品では物足りなくなり、さらなる刺激を求めた結果、「なんだ、こりゃ？」と思わず噴き出してしまうような、ギャグ一歩手前の演出をもっとも恐ろしく感じるようになったりするのですから、人間の感情というものはホント不思議なものです。

ｎｏｐｒｏｐｓ《ノプロプス》さんの制作したＰＣゲーム『青鬼』は、まさにそんな「笑いと紙一重」だからこそ恐ろしく感じる傑作でした。小説化のお話をいただいたとき、これはやりがいがあるぞとふたつ返事でＯＫしたものの、果たしてこの高度な恐怖感を文字で表現できるのかと不安に思ったのも事実であります。挿画を担当してくださった鈴羅木《すずらぎ》かりんさんに大きく助けられ、なんとかゲーム版同様の恐怖を再現できたのではないかと自負しているのですが……いかがだったでしょうか？

小説版『青鬼』は、ゲーム版のヴァージョン３・０をベースに、新しいキャラクター二人を登場させたオリジナルのお話です。オリジナルではありますが、ゲームの世界観を崩さぬよう、僕なりにあれこれとアイデアを盛り込んだつもりです。その意味は……最後まで読んでいただければわかってもらえるかと思います。逆に、本書で初めて『青鬼』を知った方は、ひろし視点で描かれたゲーム版も、ぜひプレイしてみてください。青鬼ワールドがさらに広がること間違いナシですから。

ホラー映画の話に戻りますが、ダミアン、ジェイソン、ジグソウ、貞子……ホラー映画のモンスターたちは、続編でパワーアップし、さらにたくさんの人々を恐怖のどん底へと突き落としていきます。『青鬼』には謎がたくさん残されていますし、今回小説版に取り入れることのできなかった名シーンが、原作にはまだまだ数多く存在しますので、機会がありましたら、シュンやひろしたちの新たな冒険譚も書いてみたいと思っております。

というわけで、いつかまたお会いできることを期待して。

黒田《くろだ》研二《けんじ》

十数年前、「ＲＰＧツクールＸＰ」でホラーゲームを作ったら面白いんじゃないかという軽い気持ちで、『青鬼』を作り始めました。その後何度か作り直しを経て完成したのですが、ニコニコ動画などにプレイ動画が上がり、ついには小説化することになるとは、当初は全く思いもしていませんでした。書籍化のお話をいただいた時には、このゲームがどんな小説になるのだろうと不安な気持ちもありましたが、実際にはゲームの雰囲気を踏まえつつ、メッセージ性の強い作品に仕上げていただきました。

この小説では、原作の登場人物と小説版オリジナルのキャラクターが共存し、原作のシナリオとは一味違ったストーリーが進行していきます。原作をプレイしていただいた方にも、そうでない方にも楽しんでいただける作品になったかと思います。私自身、とても楽しみながら制作に参加させていただきました。

最後になりますが、『青鬼』の小説化を企画してくださったＰＨＰ研究所の宮川夏樹様、執筆していただいた黒田研二様、イラストを描いていただいた鈴羅木かりん様、そしてこの本を手に取ってくださった読者の皆様、本当にありがとうございました。

noprops《ノプロプス》

青鬼書籍化おめでとうございます。
そしてこの度は挿絵を担当させて
頂き有難うございました。
黒田先生の描かれる登場人物たちが
とても魅力的でわくわくしながら
描かせて頂きました。特に美香が
可愛すぎます。美香……！
青鬼は、ver3.0時代にプレイし
その後は動画で拝見していました。
verが変わる度に、細やかに演出が
変更されどれも楽しく恐怖を感じさ
せられます。特に6.0のあのシーンは
最高ですね。あんな事になるなんて。
執筆にあたり、noprops様、
黒田先生、担当様には大変お世話に
なり本当に有難うございました。
今後の青鬼の展開、そして
両先生方のご活動、ご活躍を
楽しみにしております！

鈴羅木かりん
初期稿ギャラリー

登場人物のキャラクターデザインは、すべて本作のために新たに描き起こされている。ここに掲載したのはその初期稿の数々。衣服のデザインなどが決定稿とは異なっている。

シュン

たけし

卓郎

美香

ひろし

直樹

杏奈

原作
noprops（ノプロプス）
『青鬼』の原作者であるゲーム制作者。RPGツクールXPで制作されたゲーム『青鬼』は、予想できない展開、ユニークな謎解き、恐怖感をあおるBGMなどゲーム性の高さが話題となり、ネットを中心に爆発的な人気を博した。『青鬼』制作以降も、多数の謎解きゲームを手掛けており、精力的に活動している。

著者
黒田研二（くろだ　けんじ）
作家。2000年に執筆した『ウェディング・ドレス』で第16回メフィスト賞を受賞しデビュー。近年は『逆転裁判』『逆転検事』のコミカライズやノベライズ、『真かまいたちの夜 11人目の訪問者』のメインシナリオなどゲーム関連の仕事も多数手掛けているほか、漫画『青鬼 元始編』（KADOKAWA）では、構成も担当した。

イラスト
鈴羅木かりん（すずらぎ　かりん）
漫画家。「ガンガンパワード」及び「月刊ガンガンJOKER」にて人気コミック『ひぐらしのなく頃に』の「鬼隠し編」「罪滅し編」「祭囃し編」「賽殺し編」4編に加えて、漫画『青鬼 元始編』（KADOKAWA）でも作画を担当。かわいい絵柄から恐怖描写まで、真に迫った圧倒的な表情の描き分けに定評がある。

編集協力・デザイン
株式会社サンプラント
編集／松本光生　デザイン／東郷猛　中岡翔平

〔参考文献〕「大辞林　第二版」松村 明（三省堂）

この作品は、2013年3月にＰＨＰ研究所より刊行された。

ＰＨＰ文芸文庫　青鬼

2021年３月18日　第１版第１刷

原　作　ｎｏｐｒｏｐｓ
著　者　黒田研二
イラスト　鈴羅木かりん
発行者　後藤淳一
発行所　株式会社ＰＨＰ研究所
東京本部　〒135-8137 江東区豊洲5-6-52
第三制作部　☎03-3520-9620(編集)
普及部　☎03-3520-9630(販売)
京都本部　〒601-8411 京都市南区西九条北ノ内町11
PHP INTERFACE　https://www.php.co.jp/
組　版　朝日メディアインターナショナル株式会社
印刷所　図書印刷株式会社
製本所　東京美術紙工協業組合

 ISBN978-4-569-90111-4

PHPの本

青鬼 復讐編

noprops 原作／黒田研二 著／鈴羅木かりん 挿画

シリーズ一〇〇万部突破！ 再び、青い肌の怪物が迫ってくる！ 大人気フリーゲーム「青鬼」公式ノベライズ第二弾。

【四六判】

PHPの本

青鬼 異形《いぎょう》編

noprops 原作／黒田研二 著／鈴羅木かりん 挿画

一〇〇万部突破の「青鬼」シリーズ第三弾！ ジェイルハウスの過去を知る人物の登場！ 物語は急展開を迎える！

【四六判】

PHPの本

青鬼 怨霊《おんりょう》編

noprops 原作／黒田研二 著／鈴羅木かりん 挿画

シリーズ一〇〇万部突破！ 小説『青鬼』第四弾！ 四たびジェイルハウスに閉じ込められたひろしとシュン。脱出を試みるが……。

【四六判】